Graaf Horatio Hieronymus
van de Dampmolen präsentiert:

Die Reisen des Graafen Horatio Hieronymus van de Dampmolen Teil 1.

…unterwegs mit Katharina „Käthchen" Paulus

Roman

Inhalt

Herstellung und Verlag:
BoD-Books on Demand, Norderstedt
ISBN: 978-3-7322-6468-1

Gewidmet all denen die immer an mich glauben, mich unterstützen, aufbauen, bremsen, motivieren, und nicht versuchen mir meine Träume auszureden.

Los

(Original gemalt von Ruud de Graaf)

Ein grauer Herbstmorgen 2010, erster Oktober.
Die Sonne unternimmt ihren ersten Versuch, die Wolkendecke zu durchdringen. Regentropfen prasseln leise an die Fensterscheiben des Anwesens, das direkt auf der Landspitze am Zusammenfluss von Waal und Maas liegt.

Im Schloss Loevestein, einer mächtigen Wasserburg, welche der Wohnsitz von Graaf Horatio Hieronymus van de Dampmolen ist, hält Morpheus die Wacht und nur aus dem Arbeitszimmer dringt leises Knarren, Quietschen und Scharren nach außen.

Aus dem von Meister Horatius Steam, dem Bezwinger der Ætherwellen, erfundenen Ætherphone klingen sanfte Melodien, die zur Ruhe mahnen.
Doch H.H, wie der Graaf von seinen Freunden genannt wird, kann in diesen Momenten nicht ruhen. Er ist zu erregt, zu aufgewühlt, denn die Vollendung des TT-20-10 steht kurz bevor.

Der hochgewachsene, breitschultrige Mann mit Glatze und dem graumelierten Victor-Emanuel-Bart ist konzentriert wie immer.
Nur noch eine kleine Justierung am Schub-Hebel des Ossotronic-Transformators und die Astral-Schaufeln festziehen; dann ist es soweit.

Der Graaf geht wieder auf die Reise.

Der TT 20-10 ist die Weiterentwicklung der ersten Zeitreisemaschine aus Horatios Manufactorium.

Der erste, noch recht unausgereifte TT (Time-Traveler) ging im letzten Jahr zu Bruch, als der Graaf ziemlich unsanft im Nordflügel des Schlosses landete.

Ein recht großer Vogel der Gattung Archäopteryx kollidierte bei der Ankunft in der Vergangenheit mit der Zeitmaschine.

Dadurch wurde einiges „verrückt".

So zum Beispiel der TT um ungefähr fünf Meter, was zur Folge hatte, dass die Zeitmaschine bei der Landung nach der Rückreise zwei tragende Wände des Nordflügels von Schloss Loevestein zum Einsturz brachte (der TT verfügte noch nicht über das nachstehend näher erklärte OCOS).

Weiterhin einige Hebel an den Armaturen, was wiederum den Graafen, der sommerlich, in kurzen Hosen gekleidet, zu einen Abstecher in die Eiszeit nötigte.

Zu guter Letzt wurde auch noch der Vogel verrückt und hackte wild auf den Graafen ein. Zum Glück hinterließ er aber keine bleibenden Schäden … aber das ist eine andere Geschichte.

Bei diesem Missgeschick und der anschließenden Explosion fand nicht nur die Maschine ihr tragisches Ende, sondern auch der komplette Nordflügel des Schlosses und seltsamerweise auch der jüngste - zurückhaltend ausgedrückt etwas merkwürdige Neffe - des Graafen, Reginald Erasmus Rolstok, sein Ende. Das ist zwar eher ein glücklicher Zufall, aber auch davon später.

Die größte und beste Neuerung an der Zeitmaschine war wohl der Einbau des OCOS*[1] (Orbis Circumferentiali Obsessio Systematis), ein auf Ætherwellen basierendes Navigations-System. Dieser Einbau sorgt dafür, dass alles was sich innerhalb der vier, an den Titankufen angebrachten Orei-Wandler*[2] befindet, nicht nur zeitlich, sondern jetzt auch räumlich versetzen lässt, und das sogar weltweit.
Das bedeutet für den Graafen eine finanzielle Erleichterung, da durch das OCOS die Reparaturen am Schloss deutlich gesenkt werden können.

Der Graaf macht es sich gerade auf einem der speziell für Zeitreisen entwickelten Sitzen bequem, als Elvira Fidding, seine treue Haushälterin und Köchin, zum Frühstück läutet.
Mit einem verschmitzten Lächeln auf den Lippen dreht er den Zeiger des Entropie-Calibrators eine Stunde zurück und betätigt ganz vorsichtig den Hebel der Thrustvector-Steuerung.

Für einen Sekundenbruchteil sieht der Time Traveler mitsamt seinem Piloten wie ein unscharfes, verwackeltes Bild aus, doch schon steigt H.H. etwas benommen von der

Maschine schleicht sich ins Speisezimmer, nur um kurz darauf wieder zurück zukehren. Routiniert betätigt er die Steuereinheit des TT`s und kommt genau zu dem Zeitpunkt zurück, als Elvira energisch an die Tür klopft.

Horatio wartet ab bis sie im Zimmer ist und sagt ganz beiläufig:
„Jaja, ich weiß, mein leckeres asiatisches Mahl, Hühnerbrust mit Cashew-Nüssen wird kalt". Seit seinem dreijährigen Aufenthalt in Asien bevorzugt der Graaf diese Art des Frühstücks.
„Woher weißt du, was es zu..."
Elvira schlägt ihn mit beiden Fäusten auf die Brust und man erkennt, dass die Beziehung der beiden mehr ist als nur die einer Haushälterin zum Schlossherren.
Sie stellt sich in einer drohend wirkenden Pose vor ihn und sagt mit gespielter Entrüstung:
„Du Schuft, du montierst einfach die Zeitmaschine ohne mein Wissen fertig und das erste was dem feinen Herrn einfällt, ist mir nachzuspionieren. Benimmt sich so ein Gentlemen?" Und prompt bekommt sie die Antwort:
„Wenn du noch eine Weile in deinem eng anliegenden Catsuit vor mir herum turnst, kann ich mich bald nicht mehr wie ein Gentleman benehmen".

Mit den Gedanken, was man zu so früher Stunde alles machen kann (außer Zeitreisen) hakt sie sich bei ihm ein und beide gehen

Arm in Arm in das Esszimmer, um das Frühmahl einzunehmen.

Dabei besprechen sie die Unternehmungen für den heutigen Tag.
„Das wichtigste ist natürlich, dass wir ein paar Testreisen mit unserer neuen Zeitmaschine unternehmen", sagt der Graaf. Elvira macht sich dabei Notizen auf ihrem cohaereisch solarbetriebenen Notepad um ganz bestimmte „Zeit-Punkte" (was für eine interessante Wortspielerei, denkt die kleine, zierliche Dame) in der Vergangenheit anzusteuern.
Das dient hauptsächlich dazu um die Genauigkeit des Entropie-Calibrators zu testen.

Dazu wählt man am besten Zeitpunkte aus, an denen man sich nicht an den gleichen Stellen aufhält, die man zu bereisen gedenkt und vor allen Dingen darf man nicht versuchen, mit sich selbst zu reden.
Sollte dies dennoch geschehen, kann es besonders bei Personen die an Folie à deux*[3] leiden, zu irreparablen Schäden des Stammhirns kommen, was der Maler und Zeitreisende Vincent Willem van Gogh am eigenen Leib verspürte.
Im Jahre 1889 reiste er in die Vergangenheit ,um sich selbst daran hindern Schuhe zu malen. Diese Sucht war so intensiv und schlug sich darin nieder, dass er sogar drei Paar Schuhe auf einem Gemälde vereinigte.

Der Schuhfetisch brachte ihm in der damaligen Zeit aber nur Gelächter, Spott und Hohn ein, also entschloss er sich zu dieser Verzweiflungstat.

Doch schon als er sich selbst in die Augen schaute, begann eine seltsame Änderung in seinem Inneren und nach dem ersten Wort das er von sich gab durchzuckte ein epilepsieartiger Krampf seinen Körper. Er schaffte es gerade noch zurück in seine Gegenwart.

Danach nahm die uns allen bekannte Geschichte ihren Lauf, er schnitt sich das Ohr ab, lies sich „freiwillig" in eine Nervenheilanstalt einweisen und zu guter Letzt verletzte er sich während eines Spaziergangs, - ganz zufällig - tödlich mit einer Pistole.

Dass der Grund hierfür aber ein ausgedehnter Absinth-Rausch war, kann man aber zweifelsohne Mären und Sagen gleichstellen.

Elvira packt den kleinen Reisekoffer. Da sie nicht lange wegbleiben, reicht dieser für beide aus.

Das wichtigste ist sowieso ihr Notepad, Kompass, Fernrohr und ihre Waffen.

Für diesen Kurztrip wählt sie einen kleinen „Conccalable Ossotronic Distributor" und für den Graafen einen „Combobulator" von Colonel James Fizziwig Industries. Beides überaus wirksame Waffen; welche auch modernste Schutzwesten zu durchdringen vermögen.

Der Graaf befestigt den Koffer in der dafür vorgesehenen Halterung und setzt sich hinter die Steuerhebel. Mit den Worten „Jetzt bloß keinen Fehler machen" stellt er den Entropie-Calibrator auf den 18. Juli 1893. Einen Tag später war ein geschichtsträchtiges Datum, am 19. fuhr und landete Katharina Paulus, vom Urgroßvater des Graafen liebevoll „Käthchen" genannt, in Nürnberg zum ersten Mal alleine einen Heißluftballon.

Der Navigations-Apparat muss jetzt nur noch auf den Zielort eingestellt werden.
„Elvira, würdest du mir bitte die Koordinaten des Johannisfriedhofes in Nürnberg heraussuchen?"
„Was willst du denn auf einem Friedhof, ist das denn für dich nicht ein bisschen zu früh?", fragte Elvira verblüfft.
„Wir werden dort nur landen und in Ruhe den TT 20-10 verstecken, und da zu dieser Zeit ganz in der Nähe das Schützenfest am Herrenschießhaus ist, ist es dort an solchen Tagen ganz besonders ruhig, abgesehen von ein paar Trunkenbolden, die ihren Rausch hinter der Friedhofskapelle ausschlafen wollen," antwortet der Graaf und schaut seine Gefährtin mit einem verschmitzten Lächeln an.
Diese hat sich schon reisefertig gemacht und sich in ein schwarzes Nadelstreifen-Tournürenkleid, eine Bluse mit sehr tiefem, spitzen Ausschnitt und ein mit Goldfäden besticktes, rotbraunes Samtmieder gehüllt.

Das Haar mit Schleifen und Nadeln hochgesteckt und passend dazu trägt sie, wie im Jahr 1893 üblich, einen Fächer und einen kleinen Parasol. Dass diese beiden Accessoires sehr scharfe Schneiden und Spitzen besitzen und deshalb durchaus auch als Waffen eingesetzt werden können, war zu dieser Zeit natürlich nicht üblich.

Nachdem der Graaf an der Zeitmaschine die Koordinaten, 49° 27′ 33″ N, 11° 3′ 40″ O eingegeben hat begibt auch er sich in das Ankleidezimmer um sich ein wenig zu erfrischen und umzuziehen.

Während er seine Arbeitskleidung ablegt und sich dem Badezimmer zuwendet, glaubt er zu hören wie sich die Tür zu seinem Schlafgemach leise öffnet: „Elvira, bist du das?"
…als er keine Antwort bekam denkt er bei sich: „jetzt höre ich auch noch Gespenster, ich sollte wohl nicht zu oft die Nächte durcharbeiten", und geht weiter um sich ein Schaumbad in die große alte Kupferwanne mit den Messingfüßen und den feinsten Ziselierarbeiten, vom Meister Remington Brass höchstselbst, einzulassen
Das Plätschern in der Badewanne, die durchgearbeitete Nacht und wohlige Wärme des Wassers machen ihn jetzt doch ein bisschen müde, weshalb er auch nicht das Rascheln im Nebenzimmer bemerkt und den katzenhaften Schatten, der sich leise und

äußerst vorsichtig in seine Richtung schleicht.

Zwei kräftige Hände legen sich von hinten um seinen Hals und eine samtweiche Frauenstimme sagt flüsternd:

„Der Herr Graaf hat wohl vergessen dass er mir vor der Testreise zeigen wollte, dass er sich auch NICHT wie ein Gentlemen benehmen kann".

Dann steigt die Dame mit dem durchtrainierten Körper und den feuerroten Haaren zu ihm in die Wanne.

Die Müdigkeit des Graafen war mit einem Schlag verschwunden und die kräftigen Hände von Miss Fidding wurden zu Samtpfoten, die suchend unter dem Badeschaum verschwinden.

Hermann und Käthe

Sonntag, der 16. Juli 1893.
Der Ballonfahrer Carl Christoph Hermann Lattemann packte mit seiner Partnerin und Lebensgefährtin Katharina Paulus seine Utensilien zusammen. Sie verabschiedeten sich von ihrem Söhnchen und Käthes Mutter und machten sich auf den Weg nach Nürnberg.
Dort würde am Mittwoch das Große Schützenfest beginnen. Hermann und Käthe waren dort engagiert, und der absolute Höhepunkt würde der wagemutige Sprung des Herrn Lattemann aus dem Ballon sein. [4]
Gesichert mit einem Fallschirm wird er danach zur Erde gleiten.

Als alles verstaut war, ging es zunächst mit der Droschke und einem Ochsenwagen, auf dem der Korb samt Ballon transportiert wurde, nach Hanau, der Geburtsstadt von Jacob und Wilhelm Grimm den, damals wohl bedeutendsten Sprachwissenschaftlern, Philologen und Märchensammlern.
Der Ballon und der Korb mitsamt den Fallschirmen und dem ganzen Werkzeug wurden in die Frachtwaggons der Frankfurt-Hanauer Eisenbahngesellschaft verladen und als alles festgezurrt war, ging es Richtung Aschaffenburg.
Vorbei an Seen und Wäldern ging die Fahrt über so manch geschichtsträchtiges Territorium. Der Zug passierte zum Beispiel das riesige Feld auf dem im Jahre 1743 im Juni die „pragmatische Armee" lagerte. Das aus britischen, österreichischen und

hannoverschen Truppen bestehende, rund 35.000 Mann starke Heer bereitete sich hier auf die „Schlacht bei Dettingen" vor

Mit der hessischen Ludwigsbahn und der Ludwig Süd–Nord-Bahn ging die Fahrt weiter durch den dichtbewaldeten Hochspessart über Heigenbrücken nach Partenstein. Nach einer Weile tauchte auf der rechten Seite des Zuges der Main auf und ihm folgte die alte Frankonia aus der Dampflok-Manufaktur Maffei bis nach Würzburg.

Im "Weißen Lamm" bezogen spät abends die Reisegesellschaft Quartier. Außer Herrmann und Käthe waren das Ehepaar Hirz aus Rodenbach, ein Handelsreisender der Firma Haereus, ein junges Ehepaar auf Hochzeitsreise und Ehrenbert Winkelstein, ein Beamter der Akzise nebst Gattin Marga, seinen drei Söhnen Gisbert (12), Gilbert (14), Gibbert (16) und seiner Tochter Girberta (19).

Der Herr Wirt brachte für jeden einen Vesperteller mit Wurst, Käse und Brot und die Wirtin schenkte noch einige Krüge Bier, Frankenwein und Apfelsaft aus und mit einem „Prosit allesamt" hoben alle zusammen die Gläser und tranken auf den ersten Abschnitt ihrer langen Reise nach Nürnberg.

Nach und nach gingen die Reisenden zu Bett.

Am nächsten Morgen setzte das Dampfross in aller Herrgottsfrühe seine Reise fort.

Käthe hatte ihren Kopf an Hermanns Schulter gelegt und fragte ihren Lebensgefährten: „Was denkst du, was macht unser Söhnchen jetzt? Es ist das erste Mal, dass er für längere Zeit von uns getrennt ist." Hermann antwortete beruhigend: „Dem Kleinen geht es sehr gut, glaub mir, seine Oma Maria in Zellhausen liest ihm sicher jeden Wunsch von den Augen ab."
Die beide genossen die Fahrt durch die Lengfelder Flur. In Rottendorf musste der Zug einen längeren Halt am Wasserkran machen und Kohle nachbunkern.
Die Passagiere beobachteten den rußgeschwärzten Lokführer, seinen Heizer und die Bahnarbeiter. Aus diesem Grunde entging ihnen, dass drei sonderbare Herren, von denen einer seinen Arm in einer Schlinge hatte und ein zweiter stark humpelte, unbemerkt in den Frachtwaggon schlichen und sich hinter dem großen Weidekorb des Ballons versteckten.

Als der Zug weiterfuhr, fingen die drei an, systematisch den Korb, den Ballon und alle anderen Kisten und Koffer zu durchsuchen, die sich in dem Gepäckwagen befanden.
Wertvolles war aber da nicht zu finden. In den Koffern befanden sich meist nur Kleider, Hemden und Hosen. Die Kisten waren gefüllt mit Seilen und Werkzeugen. In einem

zugeklappten Bauchladen mit der Aufschrift „Hirz Kurzwaren" war allerlei Haushaltsbedarf verstaut. Zündhölzer, Zahnstocher, Fingerhüte, ein paar Stücke Seife, Nadel und Faden. Das Hinkebein steckte sich ein paar Zahnstocher und eine Schachtel Streichhölzer ein. Wegen einem Paar Schuhe oder einem Hemd, wollten die Gauner nicht ihren Hals riskieren.

In Kitzingen fuhr der Zug über die 'Geroldshöfer Eisenbahnbrücke' und durch die Hellmitzheimer Bucht in Richtung Süden. Die Reise ging, vorbei am Hartwald und dem Kloster Heiligental nach Schweinfurt.

Nachdem sie Haßfurt passiert hatten, sahen sie links oben in den Weinbergen das Zeiler Käppele, eine kleine Wallfahrtskirche in Fachwerkbauweise, auf deren First eine goldene Madonna thronte.

Mit weiten Feldern auf der rechten Seite und grünen Weinbergen auf der Linken folgten sie dem Main bis nach Bamberg.

Dort stieg ein versnobter Engländer in der Tropen-Uniform eines Offiziers des 1.Bataillons, 24. Infanterieregiments von Isandlwana ein.

In seiner Begleitung befanden sich, eine blonde, eine rothaarige und eine brünette Dame und ein hagerer Albino mit blutunterlaufenen Augen, weißen Haaren und einer Länge von mindestens acht Fuß, vom Scheitel bis zur Sohle.

Gerade so, als ob er seine Hautfarbe noch betonen wollte, trug er einen schwarzen, viel zu weiten Frack, ein schwarzes Hemd und sogar eine Cravat noir.

Die Damen waren für diese Zeit recht auffällig gekleidet, was aber offensichtlich keinem der Mitreisenden auffiel.

Wenn doch, dann lies es sich auf jeden Fall niemand anmerken.

Zwei der Damen trugen enggeschnürte schwarze Ledermieder und Röcke in schwarz und dunkelgrün.

Was Käthe jedoch auffiel, waren die teuer aussehenden Ringe und Geschmeide der soeben Zugestiegenen.

Hier stieg Geld ein, und genau das war es, was sie bei jeder Ballonfahrt brauchten. Ihr Geschäftssinn war geweckt, denn um den etwas teuren Spaß zu finanzieren, versuchten sie seit neuestem, einen gut betuchten Passagier zur Mitreise zu bewegen.

Dieser durfte natürlich einen Großteil der Flug- bzw. Fahrtkosten bezahlen.

Da kam der Engländer genau richtig.

Käthchen suchte fieberhaft nach einem Grund, um sich in die Unterhaltung der Fremden einzumischen. Und da gab es für eine Frau wie Käthchen nur einen; die neueste Mode aus England.

Da sie sich sowieso ein neues Kostüm für die Ballonfahrten zulegen wollte, schritt sie auf die illustre Gesellschaft zu, nickte leicht mit dem Kopf und sagte, freundlich, lächelnd: „Entschuldigen sie, meine Damen, als sie am letzten Bahnhof zustiegen, fielen mir ihre extravaganten Kleider auf, ist das die neueste Mode auf der Insel?"

Mit diesem einfachen Satz war sie mitten im Gespräch der anwesenden Damen.

Die blonde, etwas naiv wirkende Dame trug eine Art Matrosen-Uniform in dunklem Blau, einer einem Rock ähnelnden Pumphose und ein keckes weißes Hütchen mit blauen Bändern. Genau das war es -durch solch eine Uniform würde man eine Frau als Ballonfahrerin noch eher akzeptieren und außerdem sah es auch noch schick aus.

Trotz anfänglicher Sprachbarrieren lenkte sie die Unterhaltung mit den anwesenden Damen geschickt in Richtung Ballonfahrt. Die Damen waren begeistert vom Pioniergeist und Mut der Dame aus dem Großherzogtum Hessen-Darmstadt,

Natürlich kam es so, wie sie es sich vorgestellt hatte. Der Brite, der sich als Brevent-Colonel Anthony William Durnford vorstellte, zeigte starkes Interesse an der Ballonfahrt und war hellauf begeistert, als er vernahm, dass die beiden Luftpioniere auch Passagiere mitnahmen.

Colonel Durnford, ein breitschultriger Hühne von mindestens einsfünfundachzig, sprach im Gegensatz seiner Begleitung und zu Käthes Erstaunen fließend und fast akzentfrei Deutsch, was er mit der Erziehung durch seinen Onkel und der Ausbildung in Düsseldorf erklärte.

Als der sonst wortkarge Carl Christoph Hermann Lattemann bemerkte, dass die Unterhaltung in deutscher Sprache geführt wurde, gesellte auch er sich hinzu und erzählte so manches Abenteuer aus seiner Luftfahrerlaufbahn.

Dumford fragte immer nur, wie die Städte und Dörfer von da oben aussehen, und mit jeder Stadt die er nannte, gab Hermann eine neue Anekdote zum Besten.

„Ja, ja, im letzten Jahr am 25. Mai in München, das war auch so eine Geschichte. Ich und meine Begleiterin die Katharina, hatten ein Engagement von den „Vereinigten Radfahrern Münchens" zur Einweihung des Denkmals zu Ehren vom Herrn Doktor Johann Nepomuk von Nussbaum.

Schon am ersten Tag, das war ein Mittwoch, schauten mir über fünfzehntausend Menschen zu, stell sich das mal einer vor, fünfzehntausend.

Dass da natürlich ein ganz gewaltiger Durst aufkommt, ist schon klar und weil das Geschäft so gut lief, wurde ich für den nächsten Tag gleich nochmal engagiert.

Doch in der Nacht machten sich ein paar Halunken an dem Ballon zu schaffen und sie schnitten ein Quadratmeter großes Stück heraus.

Zu meinem Glück war Käthe dabei und hat den Ballon mit Zeltleinen wieder geflickt.

Am nächsten Tag bin ich dann eintausendundachthundert Meter aufgestiegen, das sind fast sechstausend Fuß.

Daraufhin war der Mann aus Britannien nicht mehr zu halten und sagte: „Sehr geehrtes Froilein Paulus, werter Master Lattemann, ich verfüge, zu meinem und ihrem Glück, über genügend Kleingeld, um mir dieses Vergnügen leisten zu können. Wann gehen wir in die Luft"

Mit dieser zweideutigen Aussage, einem kräftigen Händedruck und einem Gläschen „Frapin Grande Champagne Carafe 1888" besiegelte man die geplante Ballonfahrt

Während im Personenwagen große Geschäfte gefeiert wurden geschah im letzten Güterwaggon etwas weitaus gefährlicheres

Der einzige unverletzte der drei blinden Passagiere war gerade dabei, die Koffer und Kisten der neu hinzu gestiegenen Fahrgäste zu durchsuchen und mit den Worten: „Vad är det märkligt att en enhet ska" hielt er ein merkwürdig aussehendes Gerät in die Höhe, welches entfernt an eine Mischung aus Steinschloß-Tromblon und mehrschüssiger Armbrust erinnerte.

Er inspizierte die seltsame Waffe und drückte mehr aus Versehen auf einen kleinen Hebel an dem angedeuteten Lauf.

Ein sirrendes Geräusch ertönte, kurz blitzte eine Plasmawolke auf und im Dach des Waggons klaffte ein kreisrundes Loch von einem halben Meter Durchmesser.

Mit schmerzverzerrtem Gesicht lies er die Waffe zurück in den Koffer fallen wobei er sah, dass sich die Hemden darin schon blutrot verfärbt hatten.

Mit Entsetzen stellte er fest, dass er sich bei dem kleinen Missgeschick den linken Daumen mitsamt dem Handballen weggeschossen hatte und die komplette Hand war bis zur Mitte des Unterarms verbrannt. Die Wunde sah aus als ob der Daumen mit einem scharfen Messer abgetrennt worden wäre.

Jetzt waren sie alle drei verletzt, was sie zwar in gewisser Weise behinderte, aber ihre kriminellen Gedanken kein bisschen schmälerte.
Ist doch ganz einfach, - wenn man selbst ein Handicap hat, dann sucht man eben ein schwächeres Opfer, und davon gab es 'Gott sei Dank' genug.

Die Dampflokomotive verlangsamte ihre Fahrt und der nächste Bahnhof kam in Sicht.
„Großgründlach im Knoblauchsland, letzter Halt vor Fürth-Kreuzung und Nürnberg"
Der Kondukteur kam in den Wagon, räusperte sich lautstark und verlas mit ernster Miene und der vorher peinlichst genau zurechtgerückter Nickelbrille:

„Die Königliche Eisenbahnbau-Kommission zu Nürnberg lässt durch mich, dem Kondukteur der Ludwigs-Süd-Nord-Bahn und der Ludwigsbahn, verkünden, dass die Strecke am Bahnhof Fürth-Kreuzung bis zum

18. Juli 1893 im Jahre des Herrn frühmorgens wegen Umbau des Fürther Bogens gesperret und unpassierbar ist.
Die Passagiere werden gebeten in Großgründlach Quartier zu nehmen, die Fahrt wird um Sechse in der Früh weitergehen.
Nürnberg, den15.Julij 1893
Königliche Eisenbahnbau-Kommission
Oberstudienrat Herqules Louis"

Nach Vollendung dieser, für den Kondukteur äußerst wichtigen, Verlautbarung fügte er etwas lockerer hinzu:
„Meine Herrschaften, jetzt was in eigennütziger Sache, im Gasthaus „Goldener Schwan" könnt´s ein Nachtlager ham und für Speis und Trank is a bestens gesorgt, Hax'n oda Rostbratwürscht'l, Kniedla und a Kraut, dazu gibt's noh a Hoibe un des ois fir a poar Groschn. Der Schwona kehrt nähmli meim Schwoga."*5

Dass aufgrund dieser unvorhersehbaren Zwangspause eine lautstarke Diskussion einsetzte, welche in irgendeiner Form an den „Turmbau zu Babel" erinnerte, war zu erwarten.
Hermann und Käthe berieten darüber, ob sie noch rechtzeitig zum Schützenfest in Nürnberg ankommen.
Der Colonel war, wie er es selbst nannte, „not amused", und sagte nur: "I hope that I still have a drinkable cup of tea in this, how means that in German... Cowkaff" und seine

Begleiterinnen hatten eigentlich nur ihre „Hair curler" und „up-bags" zum Gesprächsthema, die ganz unten in den „unfathomable depths of our luggage" verstaut sind.

Als sich die Gemüter ein paar Minuten später beruhigt hatten, machte sich die zusammengewürfelte Gesellschaft, allen voran der Herr Kondukteur, der jedem erklärte, dass er „ an Durscht wiera Ziegelhütt'n" hatte, auf den Weg Richtung Ortsmitte, zu einem großen, giebelständigen Haus mit mächtigem Satteldach.

Das war also der bekannte „Goldene Schwan" von Großgründlach.

Im rechten der beiden riesigen Torbögen stand der wohlbeleibte „Schwonawirt" Höfler mit seinem gleichgewichtigen Eheweib und begrüßte die ankommenden Gäste:
„Allmächt` so viel Leut´, Grüß Gott, Grüß Gott, kommts rein"

Die Bierbänke im Hof waren vom neugegründeten Gesangverein „Eintracht" besetzt und so gingen sie erst mal in den Schankraum, An der großen langen Theke aus schweren Eichendielen schenkte der Wirt zur Begrüßung erst mal einen „Altfränkischen" ein.

„Das ist ein ganz besonderer Tropfen vom Essig und Likörhaus Mahr aus Bamberch" erklärte der Wirt seinen Gästen.

Und mit den Worten: „So aaner mechert i a" trank sein Schwager, der Herr Kreisoberkondukteur, auch einen mit.

Dann gab der Wirt noch bekannt, dass um acht am Abend das Essen auf den Tischen stünde und ging zielstrebig und sich im Geiste die Hände reibend, mit seiner Frau in die Küche.

Ein Dienstmädchen zeigte den Weg und die Frauen bezogen Quartier in dem kleinen Nebenzimmer des Wirtshauses.

Die Männer führte der Knecht von den Höflers in die große Scheune, denn sie bekamen nur ein einfaches Strohlager und der Herr Kondukteur war, mittlerweile nach siebeneinhalb Halben und gleichvielen „besonderen Tropfen vom Essig und Likörhaus Mahr aus Bamberch", zum königlichen Kreisstabsobereisebambaukommissions-kondukteur aufgestiegen.

Der Gesangverein „Eintracht" begann seine Chorprobe und kurz darauf erschallte im ganzen Wirtshaus:

Bin i net a Bürschle
auf der Welt
spring i net wie a Hirschle
auf em Feld
Auf em Feld im grüna Holz
begegnet mir a Jungfer stolz

Godda Morga Jungfer
komm se gschwind
will se mit mer tanza
geab se d`Händ
Des Stüble auf und ab geschwind
dann a Gläsle eingeschenkt

Schöne Musikanta
spielet auf
machet mir a Tänzle
oba drauf
Oba drauf eingeschnürt
lustig zum Tanz geführt

heisasasa hopsasasa –
trallalalaaaaaaaaaaaaaaa

Pünktlich, wie versprochen hatten der Wirt und seine Frau aufgetischt.
Auf großen Platten brachte er für alle Haxen, Schäufele, Bratwirschtl, Knidla und a Kraut. Jeder hatte eine Halbe Weißbier vor sich stehen, außer dem Herrn Oberstationshofratseisenbahnkondings bumsvorseher, welcher sich größeren Trinkgefäßen zuwandte.

Und die Sänger des Gesangvereins „Eintracht" trällerten zum fünfundzwanzigsten Mal

> ... *Oba drauf eingeschnürt*
> *lustig zum Tanz geführt*
> *heisasasa hopsasasa –*
> *trallalalaaaaaaaaaaaaaa*

Nachdem der „Schwonawirt" noch eine Runde von dem „besonderen Tropfen vom Essig und Likörhaus Mahr aus Bamberch" ausgeschenkt hatte, wurden auch die Gespräche lockerer. Später gesellten sich die Sänger noch hinzu und es wurde - wie man so schön sagte - ein feucht-fröhlicher Abend.

Die Sänger hatten natürlich auch ein paar Instrumente in ihrem Vereinslokal.
Rasch wurden ein paar Gitarren, Rasseln, Zithern und sogar eine alte Physhamonika herbeigeholt und eh man sich versah, wurde ein Tisch beiseite geräumt und der Tanz begann.

Käthe und Herrmann drehten sich im Kreis und der Stress der letzten Tage, die Vorbereitung zu Käthes erstem „Alleinflug", die Sorgen um das liebe Geld, alles fiel in diesen Minuten von ihnen ab.

Natürlich tanzten auch die Engländer, der Albino bewegte sich etwas tölpelhaft und aus diesem Grund tanzten ihre Begleiterinnen, so wie es aussah, am liebsten mit dem Colonel, ihrem Master.

Einer der Sänger setzte sich zwischen die blonde und die brünette Dame aus Britania und rief dem Wirt zu: „Sea, bringer´s a blowed washed, fill sower crowd u no dry sidler beer"

Die Engländerinnen hörten zwar irgendwas in ihrer Muttersprache, was aber der leicht angeheiterte, Sangesbruder genau wollte, konnten sie beim besten Willen nicht verstehen.

Der Wirt hingegen brachte in Windeseile das Bestellte.

Blutwurst, ganz viel Sauerkraut, und drei Seidel Bier.

Als der nächste Tanz begann, nutzten die Damen die Gelegenheit, um sich den aufdringlichen, laut singenden, Verehrer vom Hals zu schaffen.

Im wahrsten Sinne des Wortes.

Während die eine ihn zum Tanz aufforderte, was er aber mit einem "Naa I mechert net" ablehnte, holte die andere ein kleines Döschen aus einer verborgenen Tasche an ihrem Mieder und veredelte sein Bier mit einem weißen Pulver.

Da man nach der Chorprobe immer einen mordsmäßigen Durst verspürt, wie der Sänger den beiden Britinnen in einem perfekt versuchten Hochfränkisch mitteilte, setzte er seinen Krug an und leerte ihn in einem Zug.

Sekundenbruchteile später fiel er in einen tiefen und alptraumgesättigten Schlaf.

In der Schankstube war eine Stimmung die ihren Höhepunkt fand als dann auch noch Zwiefache, Galopp und Dreher getanzt wurden. Keiner bemerkte in diesem Getümmel, dass die blonde und die brünette Lady sich klammheimlich in die Schlafstube der Frauen schlichen um das Gepäck der Damen zu durchsuchen.

So wie die beiden ans Werk gingen, waren hier keine Diebe am Werk, das waren waschechte Spione.

Zur gleichen Zeit hatte sich der Albino in den Heuschober zurückgezogen, um das Handgepäck der Herren in Augenschein zu nehmen.

Als die Drei die Durchsuchung beendet hatten, gingen sie direkt zu Colonel Anthony Williams Durnford und der Albino berichtete:

„No blueprints and drawings found, neither he nor her. Either they are in the freight wagon or in their brains"

Sie sprachen leise über Ballons und Fallschirme, Aufklärung und Krieg. Der Colonel erklärte ihnen, dass sie unbedingt in den Besitz eines Fallschirms kommen müssen und sagte zum Abschluss: „Wenn wir das erledigt haben muss sie beseitigt werden".

Seine Begleiter wussten, wen er meinte und nickten zustimmend.

Langsam leerte sich das Gasthaus und die Sänger sangen noch ein letztes Liedchen.

A ganze Weil habn ma heut g'sunga und g'spielt
Und g'spürt, daß a sunst alles stimmt.
Die Zeit hat Bestand, wo mir san beinand,
Des alls von da Musi herkimmt.

Die Damen zogen sich in den Schlafsaal zurück, die Herren gingen in die Scheune und der Wirt schenkte seinem Schwager, dem   Herrn Opfakrazbeiselbahfonsundisjoahwurscht eine letzte Maß ein. Der Colonel setzte sich mit einem Viertel Frankenwein und einem Gläschen von den „besonderen Tropfen vom Essig und Likörhaus Mahr aus Bamberch" zu ihm.

Dem Altfränkischen hatte er aber vorher ein paar ganz spezielle Tropfen aus einer kleinen Phiole beigemischt und stellte ihn dem Eisenbahner hin.

Der Engländer nippte ab und zu an seinem Frankenwein, was man von dem Herrn Kond-„ups"-teur nicht behaupten kann.

„Schwupp" - hatte er das Tropfengemisch direkt unter seiner Nase hinein gekippt und fast gleichzeitig fing er an alle Fragen des Colonels lallend zu beantworten, kaum dass dieser sie gestellt hatte.

Er erzählte zum Beispiel, dass der Ballonfahrer Lattemann öfters Reisen mit der hessischen Ludwigsbahn und der Ludwig Süd–Nord-Bahn unternahm und dass der sogar in Wien geschäftlich zu tun hatte beim Militär wegen der Aufklärung et cetera. Die Frau die der dabei hatte, die hat da ja auch was damit zu tun..

Doch so plötzlich wie der Redeschwall begonnen hatte, genauso schnell war er auch zu Ende und der Schaffner bettete schwungvoll seinen Schädel auf den schweren Eichentisch.

Für Durnford gab es jetzt erst mal nichts mehr zu tun und so ging auch er in sein Strohlager…

…und um den Rest kümmern wir uns morgen.

Igor Parnicovjek

Ingvar Ånga Människan hatte wieder einmal eine unruhige Nacht hinter sich. Der Herr Pfarrer Johann Andreas Wanner hatte ihm zwar gestern Abend, nachdem er Holz gehackt und den Pfarrhof vor dem ehemaligen schrautenbachschen Amtssitz und der St. Vitus Kirche in Rottendorf gekehrt hatte, eine Leberknödelsuppe und sogar ein Schnappserl gegeben, aber im alten Holzschuppen hinter der Pfarrei war es doch ein wenig zugig und recht ungemütlich zum Schlafen. Nachdem er sich am Brunnen etwas frisch gemacht hatte und sich vom Pfarrer verabschiedet hatte, marschierte er mit seinen wenigen Habseligkeiten und einem mit Käse und Brot gefüllten Beutel am Kirchplatz entlang über die Hauptstraße, Richtung Würzburger Straße.

Auf der alten Muschelkalkbank, einer so genannten Stundenbank, war zu lesen, dass es von hier ab zu Fuß nur noch 26 Stunden bis Nürnberg sind.
„Nürnberg, Nürnberg, irgendwas hatte der Herr Pfarrer doch gesagt mit "...nächste Woche in Nürnberg?"

Ah ja, das Schützenfest in Nürnberg, da war er genau richtig. Auf so einem Fest gab es immer genug Arbeit und immer was zu verdienen.

Als Sohn einer Artisten-Familie, seine Mutter war Seiltänzerin im Zirkus von Växjö in Småland, war er zwar mit seinen

35

Taschenspieler- und Gaukler-Tricks unschlagbar, aber Ehrlich währt bekanntlich am längsten und Meister war er in dem Metier, dass er von seinem Vater gelernt hatte.

Für eine Kutschfahrt hatte er nicht genug Geld einstecken und die Fahrt mit der Dampfeisenbahn war noch viel teurer, also ging er zu Fuß weiter.

Vielleicht fand sich ja ein Bauer, der sich erbarmte und ihn ein Stück auf seinem Ochsenkarren mitnehmen konnte.

Als er am Dorfrand den Friedhof durchquerte, sah er ein paar düstere Gestalten auf sich zukommen. Besonders auffällig waren die strohblonden Haare der Drei. Da er ein freundlicher Mensch war grüßte er höflich und wollte sie in den engen Grabreihen an sich vorbei lassen.

Doch als der Größte von den Burschen an ihm vorbeiging entriss er blitzschnell Ingvars Brotbeutel mit dem Butterbrot und den Käse vom Herrn Pfarrer und rannte pfeilschnell davon.

Ingvar schoss eine geballte Ladung Adrenalin durch den Körper, als der zweite Schurke ihm mit einem gezielten Schlag in die Rippen boxte, dass ihm fast die Luft wegblieb. Dann rannte der Schurke wie ein geölter Blitz hinter die kleine Kapelle und suchte Deckung.

Der kleinste des Trios hatte die Aufgabe ihn umzustoßen. Mit voller Wucht rammte er seine Schulter in Ingvars Rücken. Als er merkte, dass so etwas bei einem durchtrainierten Athleten nicht funktionierte, umklammerte er verzweifelt dessen Beine.

In der Morgensonne blitzte kurz ein kleines, beidseitig geschliffenes und sehr spitzes Messer auf. Sirrend flog es über den Friedhof von Rottendorf und fand sein Ziel.
Ein zweites, identisches Messer hielt Ingvar in der Faust und stach damit nach hinten.
Plötzlich war der Friedhof gar nicht mehr so friedlich, denn zwei der Ganoven krümmten sich vor Schmerzen und heulten laut auf.

So etwas konnte der Artist aus Växjö ganz und gar nicht leiden schon gar nicht an einem solchen Ort, an dem man sich respektvoll zu verhalten hatte.
Als erstes griff er sich den am Boden liegenden Stupser und zog ihm das Messer aus dem Oberarm. ‚Genau in den Bizeps‘, dachte er, ‚so schnell überfällst du niemanden mehr‘.
Dann ging er seelenruhig zu dem Brotbeuteldieb, der immerhin schon fast zehn Meter weggelaufen war, bevor seine Flucht auf einem frisch aufgeworfenen Grabhügel jäh durch die Klinge des gut ausgewogenen Wurfmessers beendet wurde. Der Dieb schaute mit wut- und schmerzverzerrtem Gesicht abwechselnd auf das Messer in seinem Bein und auf Ingvar und wollte seinen Bezwinger anspucken.
Genau in diesem Moment drehte Ingvar das kleine Messer noch mal kurz nach links und

rechts bevor er es herauszog und dem Ganoven verging das spucken.

Eines würde die Schurken sicher nicht vergessen, dass man Ingvar Ånga Människan nicht berauben darf, schon gar nicht seiner schwer verdienten Mahlzeit.

An den Bahngleisen schaute er nochmal zurück und sah, dass das Trio in Richtung Wasserturm ging. Wahrscheinlich heckten diese Schurken schon wieder die nächste Schandtat aus

In den Bahnhof hinter Rottendorf fuhr gerade der Zug aus Würzburg ein, doch das interessierte ihn schon nicht mehr.

Wozu auch, Geld für die Bahnfahrt hatte er ja nicht und die Ganoven sah er sicherlich nie wieder…

…dachte er.

Bronzeschädel klappern nicht

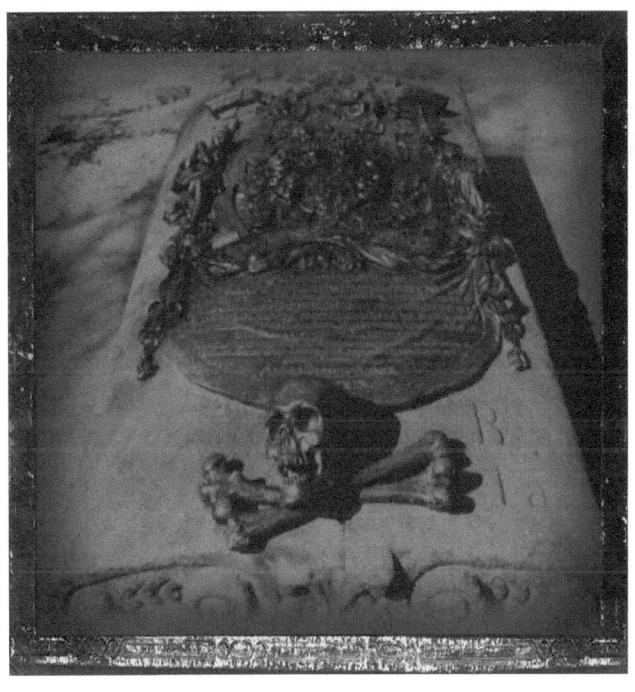

„Gnä´ Frau, sind sie bereit?" sagt Graaf Horatio Hieronymus van de Dampmolen nachdem beide frisch und mit strahlenden Minen aus dem Ankleidezimmer kommen.

„Für dich immer, edler Herr" antwortet Elvira.

„Und… weißt du eigentlich dass du unverschämt gut aussiehst, verdreh bloß nicht zu vielen Frauen den Kopf"

Dann wedelt sie mit dem Fächer, aus dem vorne kleine silberne Spitzen zu sehen sind, vor seiner Nase.

H.H. trägt einen „Cutaway" mit abgerundeten Vorderschößen, ein schlichtes Hemd und enggeschnittene Hosen.

Als Kopfbedeckung hat er sich einen flachen, steifen Hut ausgesucht, in dem man hervorragend Dietriche und ähnliche Kleinwerkzeuge transportieren kann.

Nachdem die Dame des Hauses ihre Haare mit Bändern und Haarnadeln zurecht gemacht hat, gehen sie in Richtung Arbeitszimmer im Südflügel des Hauses in dem der TT 20-10 schon auf seinen ersten Arbeitseinsatz wartet.

Sie setzen sich in die Sitze, die irgendwie an die Einrichtung und die Sitzgelegenheiten im nahegelegenen Salon des Balbiermeisters Kraus erinnern, und beginnen in einer bestimmten Reihenfolge die Hebel der Steuereinheit zu betätigen.

Als der Graaf den, aus feinstem Messing gearbeiteten, Starthebel langsam zu sich heran zieht, funkelt und blinkt der Knauf, ein

Bergkristall mit Facettenschliff, in verschiedenen Farben auf.

Der TT 20-10 ist, von einem kurzen Wackeln mal abgesehen, vom einen auf den anderen Moment verschwunden. Nur noch ein paar Abdrücke der Titaniumkufen sind auf den schweren Eichendielen zu sehen, aber auch die verblassen nach kurzer Zeit völlig. Das einzige was noch an die Zwei erinnert, ist das süß duftende Parfum von Elvira und das kräftig herbe Rasierwasser des Graafen.

Was die beiden Passagiere jetzt jedoch sehen ist, wie der Graaf sich auszudrücken pflegt, ein „bombastisch, imposantes Farbenspiel einer pyramidonalen Superlative".

So als ob man von einem Kometenschweif begleitet durch einen Regenbogentunnel in einen Topf mit Gold und Silberfäden fliegt.

Eine Minute später, für die Passagiere sind es gefühlte einhundert, ist die Reise auch schon zu Ende.

**

„Willkommen in der Vergangenheit", sprach Graaf Horatio Hieronymus van de Dampmolen salbungsvoll, „ab jetzt ist unsere Gegenwart, die Zukunft dieser Vergangenheit" Elvira entgegnet ihm nur: "Welch orakelhafte Aussage, solche Sätze ist man von dir gar nicht gewöhnt"

„Solche Sätze WAR man von mir nicht gewöhnt, WAR meine Liebe, wir sind in der Vergangenheit"
Seine Begleiterin zuckte mit den Schultern und sagte: „Irgendwie ist oder war das alles sehr seltsam oder wird es sein wenn es nicht schon gewesen wäre". Zu dieser Aussage schüttelte der Graaf nur den Kopf.

Der Tag hatte in Nürnberg gerade mal so ein Augenlid gehoben und auf dem Nürnberger Johannisfriedhof zogen Nebelfetzen von einer Gruft zur anderen.

Hinter der Gruft von William Wilson, dem Lokführer der legendären "Adler", der ersten deutschen Dampfeisenbahn, versteckten die beiden die Zeitmaschine.
Elvira meinte: "Hoffentlich kommt der alte Brite nicht aus seiner Gruft und klaut unseren TT. Wenn der so eine moderne Erfindung wie unsere Zeitmaschine in die Finger bekommt, weiß man nie, wie sich das auf die Vergangenheit unserer Zukunft auswirkt".
Mit Zweigen und Ästen tarnten sie noch die beiden Messingkufen, die hinter der Gruft hervorschauten.
Dann schlenderten an den Gräbern und Grüften von Georg Hartmann, dem kaiserlichen Hofrat Sixtus von Oelhafen zu Schöllenberg, vorbei und natürlich auch an dem von Albrecht Dürer, dem Jüngeren, seines Zeichens deutscher Maler, Grafiker, Mathematiker und Kunsttheoretiker von höchstem europäischem Range.

An der Grabplatte von Andreas Georg Paumgartner von und auf Holnstein und Lonnerstadt etc. war ein schabendes Geräusch zu hören.

„Psst leise", Elvira drückte ein kleines Hebelchen an ihrem Fächer und die kleinen silbernen Spitzen wurden zu etwa fünf Zentimeter langen, rasiermesserscharfen Klingen.

Horatio visierte mit seinem „Combobulator" den fast lebensgroßen Bronzeschädel an, klapperte da etwa der Unterkiefer des Schädels?

Gebannt starrten beide auf das reich verzierte Epitaph des zweiten Losungers, Patriziers und Kriegshauptmanns der Stadt Nürnberg.

Elvira glaubte zwar nicht an Gespenster, aber irgendetwas Unheimliches lag hier in der Luft.

Mit Adleraugen suchten beide die umliegenden Gräber ab und Horatio sagte leise: „Vielleicht war es ja nur eine streunende Katze oder ein Hund".

Doch dann waren wieder das schabende Geräusch und ein schrilles „Hiiiiiiiiiiiiiii" zu hören.

Da bewegte sich wirklich etwas. Die beiden trauten ihren Augen nicht, kam das etwa aus der Erde oder gar aus einer Gruft? Die Stille des Friedhofs wurde immer und immer wieder von diesem schrecklich, schaurigen „Hiiiiiiii" zerrissen.

Plötzlich schob sich eine schlammverschmierte, knochige Hand langsam in die Richtung des Bronzeschädels, zitternd tasteten sie sich an den Unterkiefer um ihn wie einen Türklopfer auf die Grabplatte zu schlagen.

Und wieder wurde die Stille von einer krächzenden Stimme zerrissen und schaurig erschallte diesmal ein langgezogenes: „Hiiiiiildeeeegaaaard, Hiiiiiildeeeegaaaard, ooohh Hiiiiiildeeeegaaaard, looos mee reiiiiii."
Der Schrei verebbte zwischen den Grabreihen und zurück blieb nur noch ein leises Wimmern, welches in ein Krächzen und schlussendlich, langsam in ein Lallen überging. Nur noch ein leises Stöhnen war noch zu hören und mit einem „Uppsallaa" neigte sich der Oberkörper des Kampftrinkers zur Seite und er versank in einer Art Weißbierhimmel mit Rostbratwürschtl und Kraut.

Beruhigt steckte Horatio seine Waffe in das Lederholster, das, ohne störend zu wirken, innen am seinem Cutaway angebracht war.
Elvira zog langsam ihre Krallen ein und seelenruhig gingen beide zum Kreuztor und durch die Hesperidengärten in Richtung Pegnitz.

Auf der Hallerwiese waren Losstände, Lebkuchen-und Zuckerwattestand und sogar eine Schiffschaukel aufgebaut, die aber erst am Nachmittag ihr Geschäft wieder aufnahmen.

Die Pegnitz floss plätschernd unter Brücken hindurch und an Mühlen vorbei.

Am Gefängnis, direkt neben dem Hallerthor, sahen sie, wie gerade ein Mann von einigen Gendarmen festgenommen wurde.

Sie begegneten nur noch ein paar Spätheimkehrern in der Verfassung von Hildegards Mann, die wohl nicht gehört hatten, dass die alte Schlaguhr am Weißen Turm die erste Stunde schlug. Die lachenden Personen versuchten, ohne in der Pegnitz zu landen, den Heimweg zu finden.

„So wie es aussieht geht die alte Uhr wohl ein paar Stündchen zu langsam" meinte Elvira, die bemerkt hatte, dass von der alten Turmuhr nur ein Schlag zu hören war, „es ist doch mindesten schon sechs Uhr am Morgen"

H.H antwortete: „Wenn du auf deine kleine Taschenuhr schaust wirst du bemerken, dass es genau sechs Uhr ist. Nicht die Uhr ist zu langsam sondern die Nürnberger selbst. Seit dem vierzehnten Jahrhundert gab es hier die sogenannte große Nürnberger Stunde. Bei dieser etwas komplizierten Stundenzählung unterschieden sie zwischen Nacht und dem lichten Tag. Die Stunden wurden ab Sonnenaufgang beziehungsweise ab Sonnenuntergang gezählt und der Türmer schlug das erste Mal genau eine Stunde nach Sonnenaufgang. So hatte ein Tag im Mai hier im Umkreis sechzehn und die Nacht nur acht Stunden Im März hatten Tag und Nacht jeweils zwölf Stunden und im Januar gab es nur acht Tagstunden aber dafür sechzehn Nachtstunden.

Diese, für uns etwas seltsame, Zeitrechnung wurde zwar schon im Jahr 1811 abgeschafft, aber an Festtagen wie heute machen sich die alten Nürnberger einen Spaß daraus die Leute zu verwirren"

Ein langer Marsch

So langsam wärmten die ersten Sonnenstrahlen die Erde auf, Vögel zwitscherten und an den vielen Mücken merkte man, dass ein größerer Fluss in der Nähe war.

Ingvar war schon fast zwei Stunden auf den Beinen. Er näherte sich mit schnellen Schritten Mainstockheim und als er das alte Fährhaus am Main erreicht hatte, fragte er den Fährmann mit dem langen, grauen Bart wo die nächste Furt sei.

„Mein Junge" sagte der Fährer, „hier in der Umgebung gibt es leider keine Furt mehr. In Richtung Sommerach ist erst das nächste Stück mit hartem, schnellem Strom oder flussabwärts nach Kitzingen. Dort in der Stadt gibt es eine richtige Steinbrücke."

Ingvar fragte den Alten welcher Weg der kürzere sei und bekam zur Antwort: „Der allerkürzeste Weg ist hier bei mir, mit der „Mainsau", dass kostet dich nur einen Heller." „Ich würde gerne einen Heller bezahlen, wenn ich einen hätte" entgegnete Ingvar und wollte weitergehen, aber der alte Fährmann rief ihn zurück.

„Weißt du was Junge? Wenn du möchtest, kannst du die Bank vor dem Fährhaus reparieren. Der Schreiner hat mir ein paar Bretter gebracht und wenn du die morschen Bretter an der Bank ausgetauscht hast, kannst du mit nach Albertshofen übersetzen."

Ingvar überlegte nicht lange: „Wo sind die Nägel. Meister" rief er und ging an die Arbeit.

Eine halbe Stunde später erstrahlte die Bank vor dem Fährhaus in neuem Glanz und mit der nächsten Fährfahrt setzte er nach Albertshofen über.

Die „Mainsau" war ein etwas längerer Schelch der an einem Hanfseil an der Mainstockheimer und an der Albertshofener Mainseite befestigt war. Durch die Strömung konnte der alte Fährer ohne große Anstrengung den Kahn von einer zur anderen Seite steuern.

.Am Schlosshof in Einersheim füllte er seinen Wasserschlauch am Brunnen. Einige junge Mädel sahen den athletisch gebauten Artistensohn, und um mit ihm ins Gespräch zu kommen, holten sie ein paar Krüge und eilten auch zum Brunnen.
Die Muskeln, die sich unter Ingvars Hemd spannten, wollten sie aus der Nähe sehen und sie baten ihn, den Pumpenschwengel zu bewegen. Im Nu war ein Gelächter und Geplapper im Gange und er hätte sich gern noch länger mit den Dorfschönheiten unterhalten, aber er musste weiter, denn er wollte spätestens am Dienstag in Nürnberg sein.
Mit schnellem Schritt ging er weiter.

Als er in Neustadt an der Stadtmauer durch das Nürnberger Tor gehen wollte wurde er von zwei Wachposten angehalten, die ihn ganz genau musterten und seine wenigen Habseligkeiten durchsuchten.

Von den Torwächtern konnte ein Wanderer wie er eine Menge Neuigkeiten hören und er unterhielt sich eine ganze Weile mit den Beiden. Er erzählte seinerseits die Nachrichten und Geschichten von den Dörfern durch die er reiste.

Das war ein hervorragendes Informationsnetzwerk zwischen den Dörfern und Städten und so erfuhr er, dass in der Gegend zwischen Würzburg und Nürnberg ein schwedisches Ganoven-Trio ihr Unwesen trieb, das mit Raub und Diebstahl die Umgebung unsicher machte.

Sie sollen sogar vor Mord nicht zurückschrecken, sagte man hinter vorgehaltener Hand.

Wenn das nicht die drei Strauchdiebe waren, die ihn auf dem Friedhof in Rottendorf berauben wollten,...

Die Hellebardies begutachteten vor allem die dreischussige Armbrust und ließen ihn erst gehen, als er ihnen eine Kostprobe seiner Schießkunst mit der modernen Waffe gegeben hatte.

Sie warfen fast gleichzeitig, einen Apfel so hoch wie sie nur konnten in die Luft.

Ingvar machte eine kaum zu sehende Bewegung, man hörte ein sirrendes „zzzaapp zzzaapp zzzaapp", und schon hing die Armbrust wieder an seinem Gürtel.

Die durchbohrten Äpfel fielen nach einem Wimpernschlag den staunenden Männern genau vor die Füße.

Aber ohne eine kleine Lästerei wollten sie ihn doch nicht weiterziehen lassen und der eine sagte: „Einen Pfeil hat er aber verschossen, so gut ist er also doch nicht"

„Meine Herren, ich verschwende niemals Pfeile", sagte Ingvar im weiterlaufen zu ihnen, " wenn ihr für heute Abend noch kein Fleisch auf dem Teller habt, da vorne liegt ein kleines Karnickel, das ich für euch geschossen hab, als kleines Dankeschön für die neuesten Nachrichten"

Nachdem er die Regnitz bei Eltersdorf durchwatet und seine Hose am anderen Ufer getrocknet hatte, marschierte er weiter bis zur St. Laurentius-Kirche
in Großgründlach, wo er es sich hinter dem Kirchturm an der Friedhofsmauer gemütlich machte.

„Friedhofsmauer" dachte er so bei sich, „es gibt doch nichts Unsinnigeres als die Errichtung einer Friedhofsmauer. Die, die drinnen sind, können sowieso nicht hinaus und die, die draußen sind, wollen nicht hinein." *6

Nachdem er ein Stück Käse und ein Butterbrot gegessen hatte, setzte er sich unter den alten Kastanienbaum an der Kirche, um ein wenig zur Ruhe zu kommen.

Aber immerzu musste er an die drei Typen auf dem Rottendorfer Friedhof denken. Das konnte kein Zufall sein und dann noch die blonden Haare, das waren mit Sicherheit die drei Schweden.

Und als er so vor sich hin sinnierte, wurde es ihm irgendwie mulmig zumute, denn auch er hatte schwedische Wurzeln, zumindest zur Hälfte und sein Name klang auch verdammt schwedisch. Er war zwar nicht strohblond, aber wenn die Justizräte seinen Namen hörten, dann war er zumindest in den Kreis der Verdächtigen aufgenommen und bei Mord wurde nicht lange gefackelt, schon gar nicht in Nürnberg.

Er überlegte und erinnerte sich an die alte Geschichte die ihm sein Vater erzählt hatte, als er noch ein kleiner Knirps war.
Als sein Vater, Georgos Parnicovjek, sich dem Zirkus von Växjö anschloss, in dem seine Mutter als Hochseiltänzerin arbeitete, hatte dieser kurz vorher das Königreich Slawonien verlassen. Die politischen Spannungen, zwischen Varaždin und Zala, und der zu erwartende Bürgerkrieg veranlassten ihn zu diesem Schritt.

Im Zirkus arbeitete Ingvars Vater anfangs als Stallbursche, doch seine Augen waren überall und durch seine rasche Auffassungsgabe lernte er Dinge nur durch zuschauen.
Durch sein eidetisches Gedächtnis und seine Fingerfertigkeit war es ihm nach recht kurzer Zeit möglich als Mentalist und Zauberkünstler aufzutreten.
Die Treffsicherheit mit Armbrust und Bogen sowie dem Messer machten ihn im Zirkus unersetzlich. Kurze Zeit später machte er

Enya, Ingvars Mutter, den Hof und sie wollten ganz schnell heiraten, denn der Nachwuchs war bereits unterwegs.

Die große Auswanderungswelle von 1860 verebbte in diesen Jahren und König Oskar II. war froh, dass tüchtige Menschen wie Ingvars Vater, sich im Königreich Sverige ansiedelten. Aus Dankbarkeit zur schwedischen Krone änderte er seinen Namen von Georgos Parnicovjek zu Yorrik Ånga Människan.
So heiratete schließlich Yorrik Ånga Människan seine Enya und der kleine Ingvar kam zur Welt.
‚Warum also nicht‘, dachte sich Ingvar, ich nehme den alten slawonischen Nachnamen meines Vaters wieder an und aus Ingvar Ånga Människan wurde Igor Parnicovjek.
Dann lehnte er sich mit dem Rücken an den alten knorrigen Baum und fiel in einen traumlosen Schlaf.

„Morgen muss ich auf Zack sein, denn morgen ist der erste Tag vom Rest meines Lebens"

Als der Morgen erwachte, merkte er, dass der Herr Pfarrer ihn in der Nacht mit einem Schafsfell zugedeckt hatte. Rasch ging er ins Pfarrhaus um das Fell zurück zu bringen und sich beim Herrn Pfarrer zu bedanken.
Er fragte, ob er sich zum Dank erkenntlich zeigen könne. Doch statt des Pfarrers antwortete ihm Sofie, dessen Wirtschafterin:

„Hinten an der Scheune, da müsst' man mal nach dem Schloss sehen, das ist nämlich hin".

Igor ging zur Scheune, fragte den Herrn Pfarrer ob er ihm einen Hammer geben könne, und im Handumdrehen hatte er die lockeren Nieten festgeschlagen und das alte Vorhängeschloss war wieder wie neu.

Die Wirtschafterin gab ihm noch einen Ranken Brot und dann machte er sich auf das letzte Stück seiner Reise.

Am Mühlbach machte noch einen kurzen Halt, trank einen Schluck und füllte seinen Wasserschlauch wieder auf.

Weit war es nicht mehr, in zwei bis drei Stunden hatte er Nürnberg erreicht. Er würde sich eine ehrliche Arbeit suchen und, zumindest für einige Zeit, sein Vagabundenleben an den Nagel hängen.

Hätte er das Schloss nicht repariert und sich nicht mit dem Herrn Pfarrer unterhalten, dann hätte er sehr wahrscheinlich die illustre Prozession, allen voran der total verkaterte und von zwei Männern gestützte „Oberstabswasweißichdennwas", gesehen, die sich Richtung Bahnhof bewegte.

Er hätte vielleicht auch die drei strohblonden Gestalten gesehen, die Richtung Pfarrhaus liefen und er hätte…

Ja, hätte, wäre, wenn, vielleicht dann …

Die Geschichte lässt sich aber nun mal nicht ändern und so geschieht was geschehen muss…

…oder?

Der dunkle Turm

Die beiden Zeitreisenden schlenderten gemütlich, und ohne dass sie jemanden zu Gesicht bekamen, am Ufer der Pegnitz entlang.

„Du hattest doch vorhin etwas über den Weißen Turm gesagt, wir haben doch noch ein bisschen Zeit um, uns den mal anzusehen", sagte Elvira.

„Natürlich", sprach H.H. „Hier in der Ecke von Nürnberg gibt es eine Menge Türme, Brücken und andere Sehenswürdigkeiten; da vorn zum Beispiel, das ist zwar nicht der Weiße Turm, aber der ist auch sehr geschichtsträchtig. Ich will mal sagen ein sehr dunkler Turm..."

Elviras Interesse war geweckt: „Düstere dunkle Geschichten, das ist genau meine Kragenweite Erzähl!".

„Das da vorn sind der Henkersteg und der Henkerturm. Da oben wohnten die Henker von Nürnberg, und einer der bekanntesten war der Scharfrichter Franz Schmidt.

Im Jahr 1578 begann seine Amtszeit und dauerte fast vierzig Jahre. Penibel führte er sein Diensttagebuch und listete darin 361 Hinrichtungen und 345 so genannte Leibstrafen auf.

Sein Handwerk beherrschte er so perfekt, dass er schnell als „Meister Franz" bekannt wurde. Das Talent, Menschen vom Leben zum Tode zu befördern, hatte er offenbar von seinem Vater geerbt, dem Scharfrichter von Bamberg. Seine Debütvorstellung, eine Enthauptung, schaffte Franz Schmidt mit einem einzigen Schwerthieb. Als Vollstrecker von Leibstrafen schnitt Meister Franz den Verurteilten die Zunge ab, amputierte mittels einer Axt Finger, Hände und andere Körperteile oder peitschte die Delinquenten aus. Die zum Tode Verurteilten knüpfte er an den Galgen, enthauptete sie mit dem Schwert oder er ertränkte sie in der Pegnitz. Manche verbrannte er auch auf dem Scheiterhaufen oder räderte sie."

„Das ist ja richtig gruselig", warf Elvira ein und H.H. erzählte weiter: „Ehrenstrafen fielen natürlich auch in seinen Zuständigkeitsbereich, wobei er diese Rechtsbrecher an den Pranger stellte, sie in Ketten legte oder ihnen die Schandmaske aufsetzte

Da der Beruf des Henkers zur damaligen Zeit aber als "unehrlich" angesehen wurde, wurde er auf die kleine Insel dort in der Pegnitz verbannt. Die Bürger befürchteten nämlich, durch Kontakt mit ihm als „unehrlich" infiziert und von der christlichen Gemeinschaft ausgeschlossen zu werden".

***

Ingvar, oder wie er sich jetzt nannte, Igor hatte sein Ziel erreich. Er ging am Neuthorgraben entlang um über den Kettensteg auf die andere Seite der Pegnitz zu gelangen. Direkt am Steg, wo sich auch das Nürnberger Gefängnis befand, wurde er von einem Gendarmen nach seinem Namen gefragt. Ein anderer Gendarm, der dort seinen Dienst versah wollte wissen wo er herkommt und wo er hinwill. Igor gab bereitwillig Auskunft: „Ich ich bin heute Morgen in Großgründlach aufgebrochen um mir hier in Nürnberg Arbeit zu suchen. Hier ist doch ab heute Schützenfest und da gibt es doch sicher viel zu tun". Als die Beamten Großgründlach vernahmen wurden sie hellhörig und sprachen ihn auf seine Armbrust an, die wie immer an seinem Gürtel hing.

Sie wollten wissen ob ihm etwas Seltsames aufgefallen wäre, ob er allein reise und ob er, außer dem Dreischüsser, noch andere Waffen bei sich trug. Geschickt lenkten sie das Gespräch auf die drei Schweden, ob er die gesehen hätte und er antwortete wahrheitsgemäß: „Diese Halunken sind mir in Rottendorf auf dem Friedhof begegnet, da habe ich aber nicht gewusst, dass es sich um Schweden handelt". Igor fiel auf, dass aus dem harmlosen Gespräch mit den Gendarmen, ein Verhör wurde und wollte weitergehen. Plötzlich war er von fünf Gendarmen und Gefängniswächtern umringt. So hatte er sich den Empfang in Nürnberg nicht vorgestellt.

Obwohl er bei allem was ihm heilig war schwor, dass er mit den Schweden nichts zu tun hatte, hatten sie ihn gefangen genommen.

Aber er dachte, dass sich bis zum Mittag das Missverständnis aufklären würde.

Alles hatten sie ihm abgenommen, seine Wurfmesser, seine Armbrust, ja sogar seinen Gürtel
musste er abgeben.
In einem Gefängniskarren fuhren sie ihn zum Justizgebäude und er hoffte, dass sich dort alles noch zum Guten wenden würde.
Bei einer nochmaligen Durchsuchung fanden sie in seiner Hosentasche einen Brief von seinem Vater. Der Brief war, seit seinem Weggang aus Schweden, die einzige greifbare Erinnerung an seine Eltern. In schwedischer Sprache geschrieben, mit seinem und den Namen seiner Eltern wurde der Brief zu seinem Verhängnis. Der Schnellrichter war davon überzeugt hier einen der drei Ganoven vor sich zu haben und mit den Worten „das ist einer von den Verbrechern" wurde er ganz offiziell verhaftet. Weil das Gefängnis am Hallertor überfüllt war, fuhren sie ihn gleich weiter zum Männerschuldturm.

…und morgen Nachmittag wollen sie ihn auch noch
an den Pranger stellen. „Ausnahmsweise" hatte der Herr Schnellrichter gesagt: „ Man muss den Gästen ja etwas auf dem Schützenfest bieten".

***

Noch ziemlich müde saßen die unfreiwilligen Gäste vom Schwonawirt in aller Herrgottsfrüh in der Gaststube und versuchten sich mit zwei, drei Haferln Kaffee und einigen Kanten Brot für das letzte Stück der Reise in Form zu bekommen. Einige von ihnen hatten sehr gewaltiges Schädelbrummen.

Der Kondukteur sah von allen am übelsten aus. Er aß nichts und verließ einige Male überstürzt den Frühstückstisch, wobei er jedes Mal wenn er zurück kam die Gesichtsfarbe von Weiß zu Grün und wieder zurück wechselte. Einmal war er auch ganz kurz etwas gräulich.
Das einzige was er irgendwann mal von sich gab war: „Um sechse foarnma"

Kurz vor sechs setzte sich die Karawane in Bewegung. Der Schaffner versuchte zwar vornweg zu gehen, musste aber ab dem Pfarrhaus von dem Albino und einem anderen Mitreisenden gestützt werden.

In diesem Moment schlichen auch die drei verletzten Schweden um die Ecke, sie hielten sich aber vorsorglich zurück und als sie dann auch noch Igor beim Herrn Pfarrer sahen gingen sie vorsorglich ganz in Deckung.

Als die Reisegesellschaft am Zug angekommen war setzten sie den Kondukteur, der so wie es aussah eingeschlafen war, ins Kondukteursabteil im vorderen Waggon und gingen weiter nach hinten in dem für sie reservierten Waggon.

Kaum saßen sie auf ihren Plätzen setzte sich die alte Dampflok in Bewegung und der letzte Teil der Reise von Großgründlach nach Nürnberg begann.

Die drei schwedischen Schurken waren in Rottendorf beim Zusteigen nicht bemerkt worden und genau so wenig wurden sie jetzt vermisst.

***

Elvira und der Graaf gingen über die Heubrücke. Dort sollte gerade ein Mann in den Männerschuldturm geworfen werden. Neugierig gingen sie auf die Gendarmen zu und fragten was der arme Kerl denn ausgefressen hätte.

„Der, ha, das ist ein ganz ein Schlimmer, das ist ein Pfarrersmörder. Die nächste Woche wird der Haderlump am Halse aufgehängt bis dass er tot ist, da drüben am Henkersturm".
Elvira warf kurz ein: „Hier gibt es wirklich verdammt viele Türme".
„Stells euch jetzt amol vor, der Mistkerl hat den armen Pfarrer von Großgründlach umbracht, mit einem Messer hat der dem Herrn Pfarrer den Schlund durchgeschnitten, der Meuchelmörder und dem seine Lumpenkameraden ham die alte Sofie, der Herrgott behüts, die Wirtschafterin von dem Herrn Pfarrer, die habens geschändigt, jaha, drei oder sogar viermal hat´s gesagt aber sie

hat sich an den da genau erinnert, wo ihm der Herr Pfarren doch noch ein Schafsfell fürd Nacht und einen Kanten Brot gegeben hat pfui Deibel", der Staatsdiener spuckte aus, „Erschlagen g'hörst du Lump, auf der Stell"

Weiterhin erklärte er den beiden noch: „ Aber des geht leider nicht, dass man so anner auf der Stell erschlagen darf. Da muss ma ja erst auf einen Prozess warten, weil so steht's in dem Gesetz niedergeschrieben. Un heut is ja auch noch das Schützenfest, un der Obergerichtsrat tut da garnie nicht arbeiten. Aus diesem Grunde wird dem Saukerl der Prozess erst am nächsten Wochenende gemacht und weil da im Gefängnis so viele Trunkenbolde sind, da wird das Gesindel einfach zu mir hier in mein Schuldturm geworfen."

Dann grummelte er noch so etwas wie: „Schod is um jeden Dog denner no lebbt" in seinen Bart und ging grußlos in den Schuldturm aus dem immer noch lautstark die Stimme des soeben eingelieferten jungen Burschen zu hören war:

„Ich bin es nicht gewesen, das waren die Schweden, die in der Gegend alles unsicher machen, so glaubt mir doch, ich bin unschuldig".

Als sie sich wieder in Bewegung setzten äußerte Elvira ihre Bedenken: "Was denkst du, Horatio, was, wenn der es wirklich nicht war sondern die Schweden, so wie er es sagte".

Prompt bekam sie die, von ihr eigentlich erwartete Antwort: „Wir sind nicht hier um Diebe und Mörder von Ihrer wohlverdienten Strafe zu retten, wir wollen nur die erste Ballonfahrt von Katharina Paulus sehen und den Fallschirmsprung vom Hermann Lattemann". Und nach einer Weile: „Irgendwie hast du mich jetzt angesteckt und den „Sherlock Holmes" in mir geweckt. Wir können ja ein bisschen herumschnüffeln und der Sache auf den Grund gehen. Sollten wir dabei ein Verbrechen aufklären, die wahren Täter Justitia übergeben und einen Unschuldigen retten, dann hätte unsere Testreise sogar noch einem guten Zweck gedient "

Als sie die Insel Schütt erreicht hatten, sahen sie zum ersten Mal das große Plakat, auf dem in großen Buchstaben zu lesen war;

Bekanntmachung!
Am 19 Juliy zum Mittag
wird der berühmte
Luftschiffer und
Ballonfahrer
Carl Christoph
Hermann Lattemann
hier auf der Insel Schütt
mit einem Ballon aufsteigen
und in der Höhe von
1800 Metern
todesmutig einen
Fallschirmabsturz
präsentieren

„Das ist doch wieder mal typisch" Elvira gab sich betont entrüstet. „Immer nur die Männer werden lautstark angepriesen, auf dem Plakat ist nichts zu lesen vom Käthchen und ihrem ersten Alleinflug".

„Das ist doch ganz klar, dass da nichts zu lesen ist. Der Herr Lattemann ist die ganze Zeit alleine mit dem Ballon aufgestiegen, sprang aus dem Korb und lies den Ballon führerlos irgendwo landen. Da sie aber heute eine Passagierfahrt und einen, wie sie es hier so schön schreiben, todesmutigen Absturz vorführen, muss jemand den Ballon mitsamt dem Fahrgast heil auf festen Boden zurückbringen, also macht Sie das", sagte der Graaf. „Und dieses Schauspiel werden wir live und in Farbe mit ansehen. Glaub jedoch nicht, dass der Ballon bis auf 1800 Meter aufsteigt, sowas lässt der alte Stromer Lattemann gern vorher durch die Gazetten hier verbreiten. Die Ballonfahrer und ihr Passagier steigen allerhöchstens auf 1000 bis 1200 Meter, nachmessen kann und will das aber sicher niemand."

„Apropos „Stromer" wusstest das in dem Schuldturm tatsächlich ein Stromer gesessen hat?" sagte Horatio.
„Nein", antwortete Elvira, „aber ich nehme an, der gelehrte Herr wird mir die Geschichte sicher sofort erzählen"

„Mit Vergnügen meine Dame. Die Stromer von Reichenbach, wie sie mit vollem Namen hießen, waren - beziehungsweise sind - eine der ältesten Patrizierfamilien der Reichsstadt Nürnberg, erstmals erwähnt in einer Urkunde aus dem Jahr 1254. Seit Beginn der Überlieferung 1318 waren sie mit einigen Unterbrechungen im 16. und 17. Jahrhundert bis zum Ende der reichsstädtischen Zeit im Jahre 1806 im Inneren Rat vertreten und gehörten nach dem Tanzstatut zu den zwanzig alten ratsfähigen Geschlechtern, die tüchtige Bürgermeister, Erfinder und Forscher hervorbrachte. Wie in jeder gut gesitteten Familie gab es auch bei den Stromers ein "schwarzes Schaf". Der Stadtrichter Hans IV. Stromer wurde 1554 wegen Geheimnisverrats und unflätiger Reden zu lebenslanger Haft im Männerschuldturm verurteilt. Da er zu den Patrizierfamilien gehörte, hatte er einen Wunsch frei und verlangte auf Kosten der Stadt jeden Tag zwei Bratwürste zu Mittag. Dies hielt er sage und schreibe 38 Jahre aus, bis er schließlich Anno 1592 dem Bratwurstwahn verfiel, sich aus dem Turm stürzte und starb".

Bevor der Graaf noch irgendeine Anekdote zum Besten geben konnte, änderte Miss Fidding schnell das Thema: „Hast du eigentlich irgendwas, womit wir bezahlen können?" fragte sie, „ich glaub nicht dass die hier Kreditkarten oder Euros akzeptieren".
Horatio griff in die Taschen seiner enganliegenden Hose. „ Ah, ja, da hab ich was, ich habe einfach mal ein paar Fünf-

Mark-Stücke aus der Sammlung von meinen Ahnen mitgenommen, die waren, glaub ich, bis 1914 oder 15 gültig. Da ist der König Otto von Bayern drauf, die müssten schon passen. Aber wir bleiben vorsichtig, nicht dass wir auffallen."

Auf der Insel hatten einige Stände schon geöffnet und man konnte zu so früher Stunde, Rostbratwürstel, Kren, Bier, Wein und frische Milch verköstigen. Sie kauften sich ein dutzend Nürnberger mit Brot und zwei Becher Buttermilch und setzten sich zusammen mit einigen Schaustellern auf die Bierbänke an einer langen Holztafel, die vor den Buden auf der Wiese standen.

Hier konnte man viele Neuigkeiten aufschnappen die am frühen Morgen erzählt wurden.

Unter anderem auch immer wieder etwas über drei Schweden, die raubend, mordend und schändend sich in der Gegend von Nürnberg herumtrieben. Die Schausteller ließen seit einigen Nächten ihre Buden und Gerätschaften nicht mehr unbeaufsichtigt.

Sie tranken ihre Buttermilch aus, und weil es erst neun Uhr am Morgen war, wollten sie erst einmal die ungefähr sechshundert Meter lange Insel inmitten der Pegnitz noch ein wenig erkunden.

„Wir sollten uns für heute Nacht eine Bleibe suchen", sagte der Graaf: „Hier gibt es zwar genug Herbergen aber wegen des Schützenfestes ist sicher einiges belegt.

Am Justizgebäude vorbei gingen sie über die Weintraubengasse zur alten Graphitmühle. Feiner Graphitstaub tauchte diese Ecke von Nürnberg in leichtes grau und alles sah sehr verschmutzt aus, obwohl hier immer eifrig geputzt und gewienert wurde. Die beiden beeilten sich um aus dieser staubigen, düsteren Gegend heraus zu kommen.

Ein wenig später bogen sie in Richtung Musikschule ab über den Geiersberg. Am Brausebad gingen sie durch eine kleine Gasse, die sie direkt vor das Hotel Elch brachte.
„Was meinst du?" fragte Elvira, „ein schnuckeliges kleines und unscheinbares Hotelchen. Genau richtig für zwei geheimnisvolle Menschen wie uns zwei.
Versteckt und abgelegen, aber nur eine kurze Strecke bis zur Stadtmitte und wenn wir schnell aus der Stadt müssen sind wir gleich am Neuthor".
„Dann fragen wir mal nach, ob sie für uns noch ein Zimmer haben", antwortete der Graaf und sie gingen über die Straße in das kleine Hotel.

Nürnberg Staatsbahnhof

Man merkte schon dass man der zweitgrößten Stadt im Bayernland näher kam und auf der Siebenbogenbrücke, die das Redniztal überquert; ereignete sich sogar fast ein Zusammenstoß mit der Rangaubahn, weil ein Weichensteller nicht aufpasste. Aber zum Glück fuhren die beiden Züge nicht so schnell und ein paar Gleisbauer die auf der Brücke beschäftigt waren, machten den Mann an der Weiche auf die beiden Züge aufmerksam und verhinderten somit den Unfall.

„Das hätte ja gerade noch gefehlt, so kurz vor dem Ziel", sagte der Herr Lattemann und Käthe ergänzte: "Da hatte wir ja richtiges Glück wir wären glatt zu spät nach Nürnberg gekommen".

Als sie den Fürther Bogen passiert hatten, konnte man in der Ferne schon das Ziel ihrer Reise sehen und im Handumdrehen fuhren sie auch schon am Plärrer vorbei und stoppten in dem riesigen Bahnhof.
Ein wahres Tohuwabohu entstand, während alle gleichzeitig aufstanden, um ihr Handgepäck zu suchen und sich umarmend voneinander verabschiedeten.
Man versprach sich irgendwann mal zu treffen oder machte für den nächsten Tag schon ein Treffen auf dem Schützenfest aus.
Einige der Mitreisenden wurden von Verwandten, Freunden oder Droschkenkutschern erwartet.

Auf dem Bahnhof, der zwar als Kopfbahnhof gebaut, aber zu einem der größten Durchgangsbahnhöfe im Deutschen Kaiserreich geworden war wimmelte es nur so von Menschen.

Kofferträger reihte sich an Kofferträger unterbrochen von Schaffnern, Bahnhofsangestellten und Brezen-Verkäufern.

Je nachdem wohin die Weiterreise ging, suchten sich einige der soeben angekommenen Passagiere eine Transportmöglichkeit. Die Gepäckfahrer waren aufgeteilt in Handkarren und Pferdedroschken.

Wer einen gut gefüllten Geldbeutel besaß, der leistete sich sogar eine Motordroschke.

Als die Engländer, allen voran Brevent-Colonel Anthony William Durnford, den Zug verlassen hatten, erklärte er seinen Begleitern, sie sollten doch einen Gepäckträger anheuern und schon mal in Richtung Deutscher Kaiser losgehen. „Einer mit Handkarren reicht, es sind nur ein paar hundert Meter".

Er selbst ging nochmal zu Käthe Paulus, um einen Ort und die Uhrzeit auszumachen, an dem sie sich für die geplante Ballonfahrt treffen wollten.

Käthe sagte ihm, dass der Start morgen nach dem Mittagessen geplant sei und sie einigten sich darauf, dass man sich an der Würstl-Bude gegenüber vom Startplatz zum Mittagessen auf der Insel Schütt treffen könne, da man ihm ja auch noch ein paar Verhaltensmaßregel für die Fahrt geben müsse.

Er verabschiedete sich von „Froilein Kathrin" und folgte seinen Begleitern, die mittlerweile das Frauen-Thor passiert hatten, um am Königsthor-Turm in die Königs-Straße abzubiegen.

Der Gepäckträger hatte ganz schön viel zu schleppen. Auf seinem Wagen hatte er drei große Überseekoffer, vier Reisekoffer, acht Hutschachteln und einen überdimensionalen und sehr schweren Arztkoffer. Zu allem Überfluss hatten zwei der Damen ihm noch einen Jutebeutel und zwei Parasol mit Spitzenbesatz an den Arm gehängt.

Nach fünfhundert Metern hatten sie ihr Ziel erreicht.

Schräg gegenüber der Mauth-Halle war das erst vor zwei oder drei Jahren fertiggestellte Hotel Deutscher Kaiser des Hoteliers Paul Eisele.

Sieben Stockwerke hoch ragte der von Architektur Professor Konradin Walter und dem berühmten Baumeister Peter Behrens erstellte, Sandsteinbau mit seinen „Chörlein" und der Giebelfigur von Kaiser Ludwig dem Bayern (1282 -1347) vor ihnen empor.

„Genau richtig für Menschen vom gehobenen Stand", sagte die blonde Miss Polly zu dem Albino

Dann verschwand die ganze Reisegruppe im Hotel, während der Gepäckträger seinen

Karren an die Hintertür schob, um ihn dort abzuladen.

Da ihm diese reichen Zugereisten ein recht mickriges Trinkgeld gegeben hatten, grad mal einen Heller, nahm er sich das Recht heraus, zumindest mal in die Koffer hinein zu sehen.

Ganz durch Zufall blieb er mit dem Schloss des letzten Koffers an seinem Karren hängen und das selbige schnappte auf.

Er stellte den Koffer vorsichtig auf die Erde, öffnete ihn langsam und ihm stockte der Atem.

Obendrauf lag etwas, das wie eine Waffe von den Armbrustern im Herrenschießhaus aussah, doch das war es nicht was ihn erschreckte und ihm förmlich zur Salzsäule erstarren lies.

Die feinen, weißen und gestärkten Hemden waren Blut durchtränkt und dazwischen lag ein fein säuberlich abgetrennter Daumen samt Handballen.

Ein grauenhafter Anblick, den er so schnell nicht vergessen würde. Er schloss den Koffer wieder und stellte ihn mit kreidebleichem Gesicht zurück zu den anderen. Ohne den restlichen Gepäckstücken auch nur einen Blick zu würdigen, dachte er bei sich, „Ein Heller ist zwar nicht viel, grad mal ein halber Pfennig, aber nimmst du zwei dann gibt's ein Ei" und dann schob er schnell seine Gepäckkarre wieder Richtung Bahnhof, um die Koffer der nächsten Reisenden zu einem der vielen Hotels, Gasthäusern und Herbergen zu fahren.

Käthe hatte mittlerweile ihren Hermann am Güterwaggon getroffen und half ihm dabei, den Transport des Korbes und des Ballons zur Insel Schütt zu organisieren. Ein Ochsenfuhrwerk, das sie in Hanau schon telegraphisch geordert hatten, brachte sie vorbei an der Sankt Lorenz-Kirche direkt auf die Insel in der Pegnitz. Dort wurde alles abgeladen und der Besitzer des Fuhrwerks bezahlt. Der Korb und der Ballon samt Verpflegungskisten und Werkzeugtaschen wurden in die extra dafür aufgebauten Zelte gestellt. Der Brenner, der in einer extra hergestellten Transportbox verpackt war und die Gasflaschen, die der Herr Leonhard Beer gerade mit dem Pferdefuhrwerk angeliefert hatte, wurden in einen Nebenraum der Stadtwaage gebracht.

Als Hermann und Käthe alles nochmal überprüft hatten, machten auch die beiden sich auf den Weg zu ihrer Herberge.

Auf dem Marktplatz am Schönen Brunnen fragten sie nochmal nach dem Hotel Elch in der Irrergasse und kauften ein großes Lebkuchenherz für ihren Sohn. Kurze Zeit später standen sie an der Rezeption des Hotels und trugen sich in das Hotelbuch ein.

Während der Hotelier der gleichzeitig als Page und Portier fungierte, das Gepäck nach oben schleppte und ihnen das Zimmer zeigte, versicherte er ihnen, welch übergroße Ehre es für ihn sei, solch eine berühmte

Persönlichkeit wie den Herrn Lattemann nebst Gattin beherbergen zu dürfen.

Als er das Gepäck der beiden abgestellt hatte, streckte er seine Hand aus. Hermann nahm sie in die seine, um laut „Dankeschön" sagend sie kräftig zu schütteln.

Käthe wurde leicht rot um die Wangen und legte dem Hotelier eine Münze in die Hand, dieser steckte mit etwas mürrischem Blick den Pfennig in seine Jackentasche und ging, in tief gebückter Haltung rückwärts zur Tür hinaus.

Herr Lattemann inspizierte inzwischen das große breite Bett mit den verschnörkelten Pfosten und dem geschnitzten Kopfteil. Darüber hing das Gemälde ‚Mühle im Happachtal' von Hans Maulwurf. Vor dem kleinen Fensterchen stand ein kleiner aber schwerer Eichentisch mit zwei Biedermeier-Stühlen, und ein großer Eckschrank mit Kommode und Waschschüssel vollenden die Einrichtung des kleinen Zimmers mit der Dachgaube.

Nachdem sie sich beide ein wenig frisch gemacht und sich umgezogen hatten gingen sie über den Hauptmarkt an der Frauenkirche vorbei direkt in die Herzgasse um im „Bratwurstherzla" ein paar originale Bratwürste zu essen.

Als sie das "Herzla" mit seiner schönen alten Fachwerkfassade, den Butzenscheibenfenstern, und der altertümlichen Laterne über der Eingangstür betraten, lief ihnen schon das Wasser im

Mund zusammen. Der verführerische Bratwurstduft, der ihnen unmittelbar hinter der Haustür entgegen kam, war unwiderstehlich. Sie standen direkt in der winzig kleinen Nürnberger Garküche, an deren offenen Erlenholzfenstern unter einem eigens dafür gebautem Rost die kleinen Rostbratwürste in ihrem eigenen Fett schmorten.

Die aus erstklassigem Qualitäts-Schweinefleisch hergestellten sieben Zentimeter kurzen und dreiundzwanzig Gramm leichten Würstchen wurden nach einem geheimen Familienrezept hergestellt und gebraten.

Linker Hand lag die blitzsaubere Metzgerei, in der die frischen Bratwürste auf langen Hölzern hingen um von dort aus direkt in die Küche wandern.

Rechts ging es in die "Hans-Sachs-Stube".

Käthe und Hermann gingen aber über die enge Treppe mit dem kunstvoll handgeschmiedeten Gitter hoch in das obere Geschoß, um es sich im "Albrecht-Dürer-Zimmer" gemütlich zu machen. In der "Veit-Stoß-Stube" nebenan waren um die Mittagszeit keine Plätze mehr frei. Da beide einen mächtigen Hunger hatten, bestellte Käthe sich sechs Würste mit Meerrettich und Hermann sogar zehn Stück mit Sauerkraut.

In der Küche wurden wieder Würste nachgelegt und nach wenigen Minuten servierte die Wirtstochter das Bestellte auf edlen Zinntellern. Dazu gab es speziell für das Herzla gebackene Weißbrötchen und je eine Halbe "Patrizier-Bier" aus der ältesten Brauerei Nürnbergs, der "Lederer-Brauerei". Das Bier schmeckte den beiden und als sie mit dem Essen fertig waren, bestellten sie sich noch zwei Halbe und tranken sie gemütlich aus.

Nach dem Mittagessen schlenderten sie wieder in Richtung Pegnitz, um nach dem Ballon und dem Korb zu sehen. Außerdem schauten sie ob der Raum, in dem Gas und Brenner standen, verschlossen war.
Am Spätnachmittag schauten sie sich die Burg und die Stadtmauer mitsamt dem davorliegenden Graben an. Vom Turm am Neuthor aus sahen sie von weitem Colonel Durnford mit einer ihnen fremden Frau. Als Käthe jedoch laut „Hello Mister Durnford" rief, drehte dieser sich zwar suchend um, zeigte aber keine weitere Regung.
„Naja", dachte sie, "vielleicht hat er uns auf die Entfernung nicht erkannt". Den Abend beschlossen sie mit einer kurzen Einkehr in der Gaststube vom Hotel Elch. Dann gingen sie auf ihr Zimmer, denn am folgenden Tag wird es würde es eine Menge Arbeit geben.
Käthe gab Hermann noch einen „Gutenacht"-Kuss dann drückte sie nochmal da Bild von ihrem zwei Jahre alten Söhnchen Willi Herman, der von allen liebevoll „Lattemänchen" genannt wurde, an ihre Brust und schlief ein.

Morgen würde ihr Tag sen.

Gefahr aus dem Stadtgraben

Wie ein schon seit Ewigkeiten verheiratetes Ehepaar traten Horatio und Elvira aus ihrer Herberge. Obwohl der Graaf noch gerne ein wenig geruht und danach ein Vollbad genommen hätte, bestand seine Gefährtin darauf, einen Stadtbummel zu machen. Die Zwei schlenderten durch die Radbrunnengasse, um kurz vor der Burg in die Bergstraße einzubiegen.
Gerade als sie abbiegen wollten hörten sie hinter sich ein lautes Rufen. Sie drehten sich um und sahen zwar jemanden winken - da man sie aber hier mit Sicherheit nicht kennen konnte und sie auch die Winkende nicht erkannten, dachte sie an eine Verwechslung und sie bogen Richtung Albrecht-Dürer-Platz ab.

„Wir könnten ja mal versuchen auf der alten Stadtmauer ein Stück zu gehen. Von da oben kann man sicher eine Menge beobachten. Was meinst du?" fragte Elvira, die die Hoffnung noch nicht aufgegeben hatte, die Schweden irgendwie zu erwischen. Wohlwissend aus welchem Grund sie auf die Stadtmauer wollte, antwortete er: „da müssen wir an den sieben Zeilen vorbei zum Maxthor, dort können wir auf den Wehrgang hinauf".

Als sie nach ein paar Gehminuten oben auf der Stadtbefestigung entlang spazierten und den Turm erreicht hatten, auf den im Kriegsfall die großen Kanonen gestellt wurden, sahen sie unten im Graben drei Kerle, die gerade einen älteren Herrn umstießen. Die Halunken rissen ihm seine Jacke und Aktentasche aus den Händen und schlugen brutal auf den wehrlosen Mann ein, um sich dann aus dem Staub zu machen. Der blutende Herr wälzte sich mit schmerzverzerrtem Gesicht auf dem Boden.

In Elvira wurde der versteckte Jagdtrieb einer Raubkatze geweckt. Pfeilschnell rannte sie los, um die Burschen am Lauferthor abzufangen. Sie hatte das Glück, dass sie auf dem Wehrgang einen ziemlich ebenen Weg hatte. Die Ganoven unten im Burggraben waren der Tücke des Geländes ausgesetzt und wurden dementsprechend behindert.

Der Graaf suchte nach einem Weg hinunter in den Graben um dem Überfallenen zu helfen. Eine überdachte Holztreppe außen am Turm endete direkt an einer schmalen aber sehr dicken Eichentür. Dahinter führte ein Weg hinab in den Stadtgraben. Nachdem bei dem Opfer angekommen war und ihm auf die Beine geholfen hatte, stellte der ältere Herr sich vor: „Danke für ihre Hilfe. Mein Name ist Bartholomäus Ckemyzer, ich bin Buchhalter bei Papst und Lambrecht und war grad auf dem Weg zur königlichen Staatsbank Nürnberg am Lorenzplatz." Völlig niedergeschlagen stand er vor dem Graafen, der sich seinerseits vorstellte: „Gestatten, Graaf Horatio Hieronymus van de Dampmolen, ich bin Handelsreisender aus dem Gelderland, aber zurzeit bin ich mit meiner Gefährtin hier in Nürnberg auf Vakantie".

Doch der Buchhalter hörte gar nicht zu, er stammelte nur immer und immer wieder: "Die Papiere, die Papiere müssen doch zur Bank. Der Herr Doktor Kaspar Rudel, der königliche Professor für Differential- und Integralmathematik der muss doch die Papiere unterschreiben, weil wir doch ein neues Patent anmelden wollen und wenn doch die Papiere...".

Der Graaf versuchte ihn zu beruhigen... vergeblich.

Zu sehr regten die gestohlenen Papiere den armen Herrn Ckemyzer auf,

Elvira war inzwischen den drei Halunken gefolgt, doch beim Abstieg von der Mauer verlor sie einige Zeit, und so konnten zwei der drei Kerle fliehen.

„Das versteht wohl deine Bande unter Ganoventreue". Sie brachte den dritten, der wegen seiner Verletzung am Bein etwas langsamer war, mit einem gekonnten Tritt in die Seite zu Fall. Er verlor den Aktenkoffer und versuchte davon zu kriechen, allerdings ohne Erfolg. Mit einem letzten Aufbäumen wollte er noch ein Messer in seinem Hosenbund herausziehen. Es war das Messer, mit dem er dem Pfaffen die Gurgel durchgesäbelt hatte. Aber ein kurzes, silbernes Aufblitzen aus Elviras Fächer und eine graziöse Bewegung von ihr vereitelte ihm auch das. Schimpftiraden, die Elvira nicht verstand oder vielleicht auch nur nicht verstehen wollte, prasselten auf sie herab.

" Genomsnittligt anfall usel Fnask, du skall knullade av hundar" *[7]

Sie zog eine Nadel aus ihrer hochgesteckten Frisur, welche sie von Xiaojun Han ihrem Zen-Meister bekommen hatte. Der Meister hatte ihr auch Punkte am menschlichen Körper gezeigt, in die man mit diesen Nadeln am besten sticht. Diese Stellen sind meist am Übergang von Sehnen zu Muskeln und je nach Tiefe des Stichs kommt es zu einer totalen oder partiellen Lähmung des Muskels.

Sie stach die Nadel mit einer schnellen Bewegung dem Kerl direkt unter dem Haaransatz in den Nacken.

Augenblicklich war er still und gelähmt, nur seine Beine konnte er noch ein wenig bewegen.

Nachdem sie die Umgebung noch nach den beiden anderen Ganoven abgesucht hatte, schob sie den Dieb langsam vor sich her durch den Stadtgraben, um den Graafen und das Opfer des Überfalls zu suchen.

Keine zehn Minuten später sah sie die Beiden.

Horatio und Herr Ckemyzer hatten sich mittlerweile auf einen Baumstumpf gesetzt und der Buchhalter hatte seinen Kopf in die Hände gestützt und wimmerte, schniefend leise vor sich hin: „Papa…fff…piere…schlffz…Pa…eueueueu…piere…fff".

Elvira drückte die Nadel im Genick des Diebes ein Stück tiefer und dieser sackte automatisch in die Knie. Sie aber stellte sich vor den Bestohlenen, hielt ihm die Aktentasche unter die laufende Nase und sagte in einem schulmädchenhaften Ton: „Guten Tag der Herr, ich glaube das hat ihnen der böse Mann hier abgenommen". Und wenn das nicht schon zum Schmunzeln gewesen wäre, dann zumindest die darauf folgende Szene.
Der Herr Bartholomäus Ckemyzer, Buchhalter bei Papst und Lambrecht fiel doch tatsächlich vor Elvira auf die Knie und mit einem laut ausgerufenen „Die Papiere, Dank, Dank, die Papiere, tausendmal Dank, der Herrgott segne und behüte sie, also nicht die Papiere sondern sie, gnädige Frau", versuchte er sie, auf den Knien rutschend zu umrunden, um ihren Rocksaum an allen Stellen zu küssen.

Nachdem er sich dann doch ein wenig beruhigt hatte, wollte er noch, etwas verschämt ob seines Gefühlsausbruches, wissen, wie er sich bei den Beiden bedanken könne und man verabredete sich für den nächsten Tag zum Mittagessen auf der Insel Schütt.

Mit einem "Dank, Dank, nochmals vielen Dank" und gefühlten einhundert Verbeugungen entfernte sich der Herr und Elvira machte sich zusammen mit dem Graafen und dem Galgenvogel im Schlepptau auf den Weg zum Schuldturm.

„Warum" fragte der Graaf, „willst du eigentlich zum Männerschuldturm und nicht zur Gendarmerie?"
„Erstens, weil die Gendarmerie-Inspektion in Sankt Lorenz drüben ist, zweitens, weil ich immer noch versuche, dem armen Kerl von heute Morgen zu helfen" antwortete Elvira, "und drittens können wir dann auch noch in der Wolfsschlucht etwas zu Abend essen, bevor wir ins Bett gehen".
Was das eine mit dem anderen zu tun hatte wurde dem Graafen im Augenblick nicht richtig klar, aber es gab gewisse Dinge, bei denen man Miss Fidding nicht widersprechen sollte.

Dass sie nicht gleich von jedem gesehen wurden, gingen sie an der Stadtmauer entlang, um dann am Pegnitzufer zur Spitalbrücke zu gehen, über die man direkt zum Männerschuldturm kam.

Dort hatte der Gendarm von heute Morgen immer noch Dienst und er erkannte die beiden gleich wieder.
„Ach, die Herrschaften von heut in der Früh', was ham sie denn Schönes dabei?" fragte er.

„Herr Ober-Wachmeister wir haben diesen Hallodri gefangen, nachdem er mit seinen zwei Kumpanen den Herrn Bartholomäus Ckemyzer, den Buchhalter von Papst und Lambrecht zusammengeschlagen und beraubt hat. Wir haben sie verfolgt und konnten diesen hier fangen, die anderen sind leider entwischt".

Dass Elvira das fast alles im Alleingang geschafft hatte, verschwiegen sie vorsorglich. Dann übergaben sie natürlich noch das blutverschmierte Messer des Ganoven.

„Der Herr Ckemyzer kommt nachher noch vorbei, um in aller Form Anzeige zu erstatten. Er muss nur grad erst noch zur Bank um ein paar Papiere unterschreiben zu lassen". Sie fragten den Beamten dann noch, ob er eine Verbindung zwischen dem heute Morgen Eingelieferten und diesem Kerl hier sehe.

„Des is wohl die Sache vom dem Herrn Schnellrichter" sagte der Gendarm: „Morgen am Nachmittag kommt der wieder vorbei".

Elvira stand ein wenig näher als der Graaf an dem kleinen Gitterfenster des Schuldturms, deshalb hörte sie auch die leise Stimme, die Sie direkt ansprach: „Gnädige Frau, glauben Sie mir bitte, ich hab den Pfarrer nicht gemeuchelt und dieser Kerl, den Sie da gefangen haben das ist auch nicht mein Kumpan. Bitte helfen sie mir. Ich bin zu Unrecht hier"

Durch ein lautes: „Gib etzadla Ruh und hald deine Goschen, du Saukerl" wurde er von einem Wärter unterbrochen und Elvira hörte nur noch ein leises „Bitte".

***

Igor saß auf der harten Holzpritsche auf der noch nicht einmal Stroh lag und schaute durch das kleine vergitterte Fenster durch das er die feine Dame angesprochen hatte. Er hoffte, dass sie und ihr Begleiter ihm helfen würden, aus diesem Elend heraus zu kommen.

Irgendwie fühlte er eine gewisse Vertrautheit, die er kannte und schon lange nicht mehr erlebt hatte. Es war so…
…so wie damals im Zirkus, genau, nur unter Artistenfamilien gab es dieses Vertrauen, man konnte sich blind auf den anderen verlassen.
Diese Frau hatte ihn angesehen, nur ganz kurz, und in Ihren Augen erkannte er: ‚Keine Angst, wir sind aus demselben Holz geschnitzt, wir lassen dich nicht im Stich'.
Dann wurde er von dem Wächter unterbrochen und die Beiden entfernten sich, aber sie würden wiederkommen davon war er überzeugt.
‚Ja aus demselben Holz'.
Wenn diese Nürnberger Schnösel wüssten, wie hart Artistenholz sein kann.
Mit dem Gefühl, das sich vielleicht doch noch alles zum Guten wenden würde, lehnte er sich zurück an die kalte Steinmauer.

Seinen Wahlspruch, „Morgen muss ich auf Zack sein, denn morgen ist der erste Tag vom Rest meines Lebens", sah er jetzt mit ganz andren Augen.

***

Als sie weitergingen, begegnete ihnen der Herr Ckemyzer, der seine Anzeige zu Protokoll bringen wollte und Elvira bat ihn nachdrücklich, die Beamten darauf hinzuweisen, dass er von drei Ganoven angegriffen wurde. Er sagte, dass er das gerne tun würde und dass ohne das Eingreifen von dem Herrn Dampfmüller und dem Fräulein Fidding der Gefangene ihm wohl die Kehle aufgeschlitzt hätte.
Elvira hoffte das mit dieser Aussage der Junge im Schuldturm entlastet würde.
Nachdem der Buchhalter von Papst und Lambrecht den Beiden noch erklärt hatte wie man am schnellsten zur Wolfsschlucht kam, ging er weiter zur Heubrücke und H.H. und Elvira führte der Weg an der Handelsschule vorbei, Richtung Theatergasse.

Mittlerweile ging es auf acht Uhr am Abend zu und sie standen direkt vor der Wolfsschlucht.
Auf einer Kreidetafel stand in großen Lettern das heutige Vesperangebot:

Neuer Schweinshaxn mit Kraut 1 Mark und 28 Pfennig

Daneben hing eine weitere Tafel auf der mit großen Lettern geschrieben stand:

(Heute Abend, Intimes Theater, um halb neun „Die Büchse der Pandora", Tragödie in drei Aufzügen von Frank Wedekind)

Im Gasthaus bekamen sie noch einen Tisch für zwei Personen. An der Wand hingen alte Zeichnungen der Wolfsschlucht, zwei

Schafskopfspiele mit einem „Sie" und einige alte Zeitungsartikel und Briefe über den Nürnberger Bierkrawall von `66, bei dem es zu Ausschreitungen wegen einer Bierpreiserhöhung kam.

So hatte zum Beispiel der Jakob Burckhardt in einem Brief, über die Wolfsschlucht geschrieben:

"Vollends in die Wolfsschlucht hätten mich keine vier Pferde hineingebracht; es sass dort alles dick bis weit auf die Gasse, weil daselbst das einzige anständige Bier verzapft werden soll, während sonst in Nürnberg (laut Schimpfens in den Zeitungen) das Bierelend allgemein sein soll."

Daneben war ein Ausschnitt aus dem "Fränkischen Kurier" vom 15. Mai 1866 zu finden.

"Gestern wurde ein Opfer des Bierkrawalls beerdigt, ein 76jähriger Spitalpfründner. Wie er es seit 40 Jahren gewohnt war, hatte er an jenem Abend eine Bierwirthschaft in Gostenhof besucht. Als er etwa vor 9 Uhr nach Hause gehen wollte, fand er am Spittlerthor eine solche Menschenmenge, daß es ihm unmöglich war, durchzukommen. Er suchte deshalb seinen Weg durch die Schlotfegergasse zu nehmen und kam bis zur Wirtschaft der Stadt Ulm. Hier war die Straße durch eine Infantrie-Abteilung gesperrt, und hier erhielt der alte, schwache Mann unvermuthet und ungewarnt von einem Soldaten drei Bajonetstiche, einen in die Hand, einen in den Arm und einen in die linke Seite. Dieser letzte Stoß der durch

Rock und Hose ging und in der Hosentasche auf einen Schlüsselbart traf, warf ihn zu Boden, und von der Heftigkeit des Falles ward ihm der Hüftknochen zersplittert. Auf einem Handwägelchen nach Hause gebracht, verschied er nach achttägigem schweren Leiden. Dies ist der wahrheitsgetreue Sachverhalt. Das Urtheil über die That überlassen wir dem Leser."

Nachdem H.H. eine Schweinshaxn und seine Begleiterin eine Vesperplatte mit Nürnberger „Gwerch" und zwei Halbe, bestellt hatten schauten sie sich noch ein wenig in dem voll besetzten Wirtshaus um und beobachteten einige Leute an den Tischen.
Hinter der Theke hing sogar ein Bild vom Graf Georg Leo von Caprivi de Caprera de Montecuccoli,
dem derzeitigen Kanzler und Nachfolger von Graf Otto Eduard Leopold von Bismarck-Schönhausen.
Elvira sagte auf einmal leise: „Das gibt´s doch nicht, schau mal da hinten im Séparée, da sitzt ein Mann der sieht ja genauso aus wie du, so ein Zufall".
Sie wollte gleich aufstehen und den Herrn ansprechen aber der Graaf hielt sie zurück.
„Denk an das oberste Gebot, Kein Aufsehen"

Eine dralle Kellnerin brachte das Essen und sagte: „An Gouden". Als sie das Abendessen beendet hatten, drängte Elvira darauf nach oben in den Saal zu gehen, dieses Schauspiel wollte sie sich nicht entgehen lassen.

Es war, wie der Graaf vermutet hatte, ganz lustig, aber die Schauspieler waren grausig.

Endlich war es dann soweit, Jack the Ripper hatte die lesbische Lulu und ihre Geliebte Gräfin Geschwitz gemeuchelt.

Die Schauspieler kamen einzeln nochmal nach vorne, wurden mit Namen vorgestellt. Bei einigen Schauspielern dachte H.H. dass es besser wäre, Jack the Ripper würde tatsächlich nochmal zurückkommen um auf der Bühne diese schrecklichen Darsteller zu meucheln.

Dann durften alle nochmal zusammen auf die Bretter die ihre Welt bedeuten. Der Saal leerte sich und so langsam wurde es auch für die Beiden Zeit, zurück zum Hotel und ins Bett zu gehen.

Der Tag der Wahrheit

Die Gaststube vom Hotel Elch, die am Morgen als Frühstücksraum für die Hotelgäste herhalten musste, roch stark nach Pfeifen- und Zigarrenqualm, als Hermann und Käthe hereinkamen und sich an einen Tisch am Fenster setzten.

Bunte Sonnenstrahlen tanzten um die Brotkörbe und die Kaffeetassen, die der Wirt schon vorsorglich hingestellt hatte

„Wollens einen Feigenkaffee oder einen richtigen Bohnenkaffee?" rief der Wirt hinter der Theke

Die beiden entschieden sich für einen richtigen Bohnenkaffee und prompt kam die Frage: „Haferl oder a Kannerl" Da beide aus dem Hessenland kamen, verstanden sie absolut nicht, was der Wirt mit Haferln meinte und sagten deshalb wie aus einem Mund: „Kanne".

Der Wirt warf noch einige Wörter ihre Richtung, wie zum Beispiel; „Schinken, roh oder gekocht", „Weißbrot, Schwarzbrot, Weckla", „Butter oder a Schmalz", „Sülze" und so stellten sie ein komplettes Frühstück aus Wortfetzen zusammen.

Die Frau Wirtin, die durch die Durchreiche hinter der Theke alles in der Küche mitgehört hatte, brachte etwas später das Gewünschte und fragte, genau so wortkarg und abgehackt wie ihr Mann, „Milch?".

Hermann sagte so kurz wie möglich: „Ja" und leise zu Käthe: „Mehr Antwort kriegt die nicht".

Beide fingen laut an zu lachen und im gleichen Moment öffnete Elvira die Tür und trat ein. Da beide Ballonfahrer mit dem Rücken zu ihr saßen, erkannte sie diese nicht sofort. Der Schankraum war bis auf die gegenüberliegenden Plätze von Hermann und Käthe voll besetzt, deshalb drehte sie sich um und wollte fragen ob die Plätze noch frei wären. Völlig erstaunt darüber, gerade Käthe und Hermann vor sich zu haben sagte sie: „ Entschuldigung, sind sie nicht das berühmte Ballonfliegerpaar Käthe Paulus und Herman Lattemann, dürfen wir uns an ihren Tisch setzen?". Auch der Graaf war eingetreten und mit einem lauten Räuspern unterbrach er Elviras Wortschwall. Erst da merkte sie, dass sie sich in ihrer Euphorie verplappert hatte. Eigentlich war zu diesem Zeitpunkt nur Hermann ein berühmter Ballonfahrer, Käthe machte erst am heutigen Nachmittag ihren ersten Flug.

Als der Graaf in das Sichtfeld von Käthe Paulus trat, sagte diese sofort: „Aber natürlich Colonel Durnford. Sie und ihre Begleiterin dürfen sich immer zu uns setzen. Wo sind denn die anderen Herrschaften?"

Elvira sah sich verdutzt um und der Graaf wusste im ersten Augenblick nicht, was er sagen sollte. Wieso nannte sie ihn Mister Durnford?

Er überlegte wie es zu dieser Verwechslung kommen konnte. Da fiel ihm der Doppelgänger von gestern Abend im Séparée der Wolfsschlucht ein. Mit Sicherheit war dieser ominöse Colonel Durnford ein Bekannter von Käthe und Herrmann und der Graaf klärte den Irrtum sofort auf.

„Herr Lattemann, Frau..., wie war gleich ihr Name... Paulus, ich glaube da liegt eine Verwechslung vor.

Mein Name ist Graaf Horatio Hieronymus van de Dampmolen und meine Gefährtin ist Miss Elvira Fidding. Ich muss sie leider enttäuschen wir haben nichts mit dem Herren Durnford zu tun"

„Sie sehen aber ganz genau so aus wie der Brevent-Colonel Anthony William Durnford. So eine Ähnlichkeit welch ein Zufall, Eure Hoheit" sagte Käthe und H.H. antwortete sofort: „Meine Dame, auf meinen Titel lege ich in der Anrede keinen großen Wert, es reicht völlig, wenn sie `Herr van de Dampmolen` sagen"

Nachdem sie sich jetzt vorgestellt hatten und der kleine Versprecher von Elvira locker unter den Tisch gekehrt worden war, bestellten sich die Beiden auch ein aus den Wortfetzen des Wirtes zusammengestelltes Frühstück.

Man sprach über dies und das, unter anderem auch über die am Nachmittag bevorstehende Ballonfahrt.

Horatio war brennend daran interessiert, welchen Passagier sie wohl mitnähmen, da das ein weißer Fleck in den Geschichtsbüchern war, aber direkt fragen konnte er auch nicht.

Deshalb war er froh, als Hermann davon anfing:

„ Heut am Nachmittag starten wir eine Fahrt auf der Insel Schütt und werden einen Passagier mitnehmen, den Herrn Durnford. Wenn sie möchten könnten sie, falls die Fahrt morgen wiederholt wird, mitfahren". Was der Graaf zwar sofort bejahte

Das Ballonfahrerpaar verabschiedete sich kurz darauf, da sie noch den Korb beladen und die Sandsäcke füllen mussten. Die Gasflaschen mussten kontrolliert werden und die Gurte und Seile des Ballons und der Fallschirme wollten sie auch nochmal überprüfen.

H.H. und Elvira beendeten in aller Ruhe ihr Frühmahl und während dessen besprachen sie den Tagesablauf.

Den Start des Ballons wollte Horatio auf keinem Fall verpassen. Außerdem wollten sie noch diesen Jungen, von dessen Unschuld mittlerweile beide überzeugt waren, aus den Fängen der blinden - und diesmal leider auch gehörlosen - Justitia zu befreien.

Die Rettungsaktion würden sie am späten Nachmittag durchführen. Auf dem Weg vom

Schuldturm zum Hauptmarkt oder vor dem Pranger war eine Befreiung besser möglich als aus einer engen Zelle.

Der Graaf würde den Gefangenen und ihren Wächtern auf diesem Weg folgen und nach einer passenden Gelegenheit suchen.

Während dessen sollte Elvira auf den Johannisfriedhof gehen, den TT 20-10 startklar machen. und die Koordinaten des Hauptmarktes vor der Frauenkirche eingeben.

H.H. würde, sobald er den Jungen befreit hätte, mit seinem „Combobulator" einen Leuchtstrahl abfeuern.

Der Leuchtstrahl hätte zwei Funktionen

Erstens wäre er für Elvira auf dem Johannisfriedhof das Zeichen, um sofort auf dem Hauptmarkt zu erscheinen, und zweitens würde vielleicht irgendetwas in Flammen aufgehen, zum Beispiel der Schandpfahl.

Wenn dem nicht so wäre, würde H.H. ein bisschen nachhelfen.

Wahrscheinlich würde dann ein kleiner, aber ausreichender Tumult entstehen, der dem Graafen die Möglichkeit geben würde, zusammen mit Igor auf den Time Traveler zu springen, um dann gemeinsam mit Elvira die Rückreise anzutreten.

So war jedenfalls der Plan.

Doch Pläne haben eine Gemeinsamkeit, sie sind sehr anfällig für Möglichkeiten, wie wir von dem großen Ingenieur Edward A. Murphy, jr. erfahren durften, der da sagte:

„Wenn es mehrere Möglichkeiten gibt, eine Aufgabe zu erledigen, und eine davon endet in einer Katastrophe oder zieht unerwünschte Konsequenzen in irgendeiner Form nach sich, dann wird es jemanden geben der dies genauso macht."

Oder mit den Worten des oben genannten Herrn:

„Whatever can go wrong will go wrong".

Dann gingen auch sie zur Insel Schütt.

Saboteure, Spione und anderes Gesindel

Als Hermann und Käthe Ihren Ballon erreichten, hatte sich die englische Gesellschaft bereits eingefunden und Colonel Durnford und der Albino zeigten reges Interesse an den Neuerungen des Ballons und vor allem an den Fallschirmen. Die Frauen besprachen während dessen, wie so oft, die neueste Mode auf der Insel. Die blonde Miss Polly hatte wieder den schicken Matrosenanzug an und Käthe, die immer noch begeistert davon war, fragte sie wo man diese Kleidung kaufen oder zumindest ein Schnittmuster erwerben könne Da Fräulein Paulus gelernte Näherin war und in Hermanns Fabrik Ballone und Fallschirme nähte, war es für sie kein Problem einen solchen Anzug selbst herzustellen.

Als die drei Herren aus dem Zelt, in dem Ballon, Korb und Zubehör gelagert wurde, zurück kamen, setzten sich Miss Polly, Käthe, Herr Lattemann und Mister Durnford an einen der langen Tische und bestellten ihr Mittagessen.

Die beiden anderen Damen und der Albino verschwanden unbemerkt und wortlos in dem mehr und mehr werdenden Getümmel auf der Insel.

Genau dieses Getümmel hatten sich auch die zwei übrig gebliebenen, Schweden ausgesucht, um als Taschendiebe einige

Pfennige und Mark zu ergattern und um nach einer Möglichkeit zu suchen, wie sie ihren Kumpanen aus dem Schuldturm befreien konnten. Dummerweise hatten sie sich als Opfer die schwarzhaarige Begleiterin des Albinos ausgesucht und als der Schwede, welcher noch über zwei komplette Hände verfügte, langsam eine Hand in ihre Tasche schob, spürte er einen brennenden Stich genau neben seiner zwei Tage alten Wunde.

Eine Hand wie eine Schraubzwinge schloss sich um seinen Oberarm und er wurde vom Albino direkt hinter ein Gebüsch an der Pegnitz geführt. Die Schmerzen nahmen ihm die Entscheidung, ob er mitgehen soll oder nicht, ab.

Als sich die Schraubzwinge an seinem Arm lockerte sah er eine kleine Chance zur Flucht und wollte Richtung Pegnitz verschwinden.

Der große Weißhaarige holte aus seiner Jackentasche ein kleines schwarzes Gerät und schob den Messinghebel nach vorne. Ein ultravioletter Blitz schoss aus dem von Herrn Tesla entwickelten, Resonanztransformator und brachte den Schweden zu Fall.

Unfähig sich zu bewegen, hörte er wie sich langsam die Schritte seines Peinigers näherten. Dann wurde auf die Beine gestellt und sah in die blutunterlaufenen Augen des Albinos. Dieser legte fast zärtlich feine feingliedrigen Hände auf seine Wangen und sagte, zischend wie eine Schlange: „Sorry, but I dont want to look in your eyes"

Einen kurzen Moment später waren seine Schmerzen verschwunden.

Die zwei Damen waren unbeirrt weitergegangen, der weißblonde Hühne trat aus dem Gebüsch und nach wenigen Schritten hatte er die Beiden wieder eingeholt. Sie schauten ihren Begleiter nur fragend an und dieser nickte nur ganz leicht mit dem Kopf.
Sie verstanden sich auch ohne Worte.

Etwa eine viertel Stunde später gab es am Henkersteg ein lautes Gezeter und Geschrei. Ein toter blonder Mann trieb, auf dem Rücken liegend, aber mit dem Gesicht nach unten, in der Pegnitz und hatte sich im Gestrüpp am Ufer verfangen. Mit langen Staken und Bootshaken befreiten einige Männer die Leiche und zogen sie ans Ufer.
Als der dritte Schwede, der das Ganze aus sicherer Entfernung beobachtete, seinen toten Kumpanen sah, machte er sich so schnell es ging aus dem Staub.

***

Graaf Horatio Hieronymus van de Dampmolen ging zusammen mit seiner Gefährtin an der Spitalkirche vorbei zur Pegnitz,
Als sie die Insel Schütt erreichten, sahen sie wie ein weißhaariger Hühne sich in das Zelt in dem der Ballon gelagert wurde schlich. Horatio vermutete, dass der Bursche nicht zu

den Helfern von Herrmann und Käthe gehörte und beschloss, zusammen mit Elvira, nach dem Rechten zu sehen.

An der Rückseite des Zeltes angekommen hob H.H. vorsichtig die Plane an und sah den Albino, wie dieser sich an den Fallschirmen zu schaffen machte.

Er sagte leise zu Elvira: „Der Kerl sabotiert die Fallschirme. Ich muss da eingreifen, sonst passiert heute Mittag ein Unglück", und verschwand unter der Plane.

***

Der Albino hatte an zwei Fallschirmen einige Seile und Knoten zerschnitten. An dem Dritten hatte er einen kleinen roten Wollfaden angebracht, genauso wie er es mit dem Colonel besprochen hatte.

Er ging zum Brenner, den Herr Lattemann inzwischen am Korb angebracht hatte, um am Zünder etwas zu manipulieren, als er plötzlich spürte, dass er nicht mehr alleine im Zelt war. Er wollte sich blitzartig herumdrehen, aber es blieb beim Wollen.

Dass es ihm plötzlich schwarz vor den Augen wurde verdankte er einem gezielten Nackenschlag des Graafen welcher ihn anschließend mit einigen Seilstücken zu einem handlichen Bündel verschnürte. Ein vorsichtshalber angebrachter Knebel, ein Seesack aus schwerem Leinen und einige Kisten verhinderten die vorzeitige Entdeckung des Saboteurs.

***

Elvira und Horatio hatten sich, nachdem er das Zelt wieder verlassen hatte, in dem kleinen Gebüsch hinter der Stadtwaage versteckt. Sie wussten nicht genau was sie von der Sabotage halten sollten, welche Leute da am Werk waren.
Da steckte etwas Größeres dahinter, womöglich etwas sehr gefährliches.
Elvira holte ein klappbares Monokular aus ihrer Tasche und beobachtete die Leute auf der Insel.
Sie sah Herrmann und Käthe zusammen mit diesem Colonel und einer blonden Dame, die sich angeregt unterhielten.

Kurz darauf stand Herr Lattemann auf um mit einigen Helfern, den Korb und den Ballon auf den großen, freien Platz zu tragen und für den Start vorzubereiten.

Sie schlossen die Gasflaschen an den Brenner und legten den Ballon aus, um ihn mit heißer Luft zu füllen. Als dieser sich langsam aufrichtete, machten sich Käthe und Hermann reisefertig.

Der Colonel gab vor, nochmal austreten zu müssen und ging mit seiner Begleiterin hinter die Stadtwaage, um, wie am Vormittag besprochen, sich mit den Frauen und dem Albino zu treffen. Doch nur die beiden Damen waren anwesend, vom Weißen keine Spur.

Durnford gab zwei der Frauen die Anweisung eine Droschke zu mieten und dem Ballon zu folgen.

„Lattemann wird nicht lebend auf die Erde zurückkommen, dafür sorgt hoffentlich der Fallschirm, und wenn nicht, muss ich ein wenig nachhelfen". sagte er: „Sobald ich den funktionierenden Fallschirm in meinen Besitz gebracht habe, springe ich ab und überlasse Frau Paulus ihrem Schicksal".

Die beiden sollten ihn nach seiner Landung aufsammeln. Die Schwarzhaarige und die Brünette machten sich auf, um die Kutsche zu organisieren während die Blonde zum Hotel ging, um die Wertgegenstände der Gesellschaft aus den Zimmern zu holen. Mit einem: „Für König und Königreich", verabschiedeten sie sich voneinander.

Graaf Horatio Hieronymus van de Dampmolen und Miss Elvira Fidding hatten in ihrem Versteck das ganze Gespräch belauscht, jetzt wussten sie zumindest was geplant war. Hier trieben englische Saboteure und Spione ihr Unwesen, die die Weiterentwicklung der Ballonfahrt im Deutschen Reich sabotieren, und die Neuentwicklung des von Käthe Paulus konstruierten Paketfallschirms stehlen würden.

Aber wenn es Briten waren, warum sprachen sie dann vom einem König.

Eigentlich ist Queen Victoria in Britannien an der Macht und kein König.

Horatio überlegte aus welchem Land diese Spione sonst noch kommen könnten.

Die Belgier und ihr König Leopold II. hielten sich angeblich aus allen Streitereien in Europa heraus, Frankreich hatte einen Präsidenten mit Namen Sadi Carnot und in den Niederlanden saß Königin Wilhelmina auf dem Thron. Das Staatsoberhaupt von Russland, war Zar Alexander III., in Österreich-Ungarn begleitete Kaiser Franz-Josef I. das Amt und die Schweiz hatte seit ihrer Gründung im Jahr 1848 noch nie ein Staatsoberhaupt.

‚Ich werde schon noch herausfinden welche Macht hinter dieser Sache steckt' dachte sich der Graaf.

Die Spioninnen waren dabei ihre Aufträge auszuführen, nur der Colonel musste jetzt noch gebremst werden.

Als der Colonel sich umdrehte um zum Ballon zurückzugehen, trat ihm der Graaf in den Weg.

Verblüfft schaute der Spion in sein Spiegelbild. Horatio wollte die Überraschung ausnutzen und fragte: „ Wer sind sie und was tun sie hier", doch sein Gegenüber setzte blitzartig zum Angriff an.

Elvira hatte sich geräuschlos von hinten genähert und zog eine der Nadeln, die sie zur Genüge dabei hatte.

Durnford spürte einen kleinen Stich unter seinem Haaransatz, legte sich unfreiwillig zur

Ruhe und blieb dem Graafen eine Antwort schuldig.

Dann trugen Horatio und seine Begleiterin ihn in das Häuschen in dem die Stadtwaage stand.

Elvira zog ihm die Uniformjacke und die Hose aus.

In der Hosentasche fand sie einen ‚Thresher Mk II Ioniser'. „Das darf doch nicht wahr sein", sagte sie und zeigte H.H. die Waffe.

„Dieses Modell ist Baujahr 1958", antwortet dieser: „Wie kommt ein Spion aus dem Jahre 1893 in den Besitz einer solchen Waffe?"

Viele Möglichkeiten gab es da nicht und die erste die dem Graafen einfiel war...

die Spione waren, wie er, auch Zeitreisende.

Sie Verschnürten Colonel und um seine Kommunikationsmöglichkeiten noch etwas mehr einzuschränken bekam er den obligatorischen Knebel. Für ein ausgedehntes Verhör hatte Horatio und Elvira jetzt sowieso keine Zeit.

H.H. zog die Kleidung von Colonel Durnford an, sie passten wie angemessen. An der Ordensspange waren der Most Honourable Order of the Bath und der Hosenbandorden befestigt, sogar die schwarzen Lederschuhe waren in seiner Größe.

Er setzte noch den Tropenhelm auf und nahm seine kleine Tasche in der er seinen Combulator und die ‚Werkzeuge' aus seinem Hut verstaut hatte.

„Meine Liebe, wir sehen uns später auf dem Hauptmarkt", verabschiedete sich H.H. von seiner Begleiterin und ging hinaus.

Elvira zog den Verschnürten noch hinter das Regal mit den geeichten Gewichten, dann ging auch sie. Schnellen Schrittes ging sie zum Neuthor und über die Sankt-Johannis-Straße direkt zum Johannisfriedhof.

Als sie an der alten Post vorbei ging musste sie wieder an ihren Plan denken und sagte zu sich selbst:
„Mister Murphy lässt grüßen"

Am Friedhof angekommen sah sie einige ältere Damen die damit beschäftigt waren die Gräber zu pflegen.
Der Herr Pfarrer ging auf die kleine Kapelle zu um seinen täglichen Rosenkranz zu beten, und Elvira näherte sich der Gruft von William Wilson.

Gefährliches Manöver am Himmel

Verkleidet als Colonel Durnford ging Horatio seelenruhig, aber höchst aufmerksam, zum Startplatz. Der Ballon stand zwölf Meter hoch aufgerichtet vor ihm und pendelte nur noch von den Halteleinen gehindert, langsam im Wind.

An einem Tisch fing ein Mann auf einmal laut an zu rufen: „Haaallloooo Herr Dampfmüller, hier bin ich"
Das hatte ihm gerade noch gefehlt, der Herr Bartholomäus Ckemyzer, Buchhalter bei Papst und Lambrecht, hatte ihn und Miss Fidding ja heut Mittag zum Essen eingeladen, dass hatte er ja ganz vergessen, ‚Jetzt aber ganz schnell weg hier', dachte H.H.

Den Tropenhelm tief ins Gesicht gezogen rannte er zum Ballon. Eilig stieg er in den großen Weidekorb und Käthe sagte zu ihm:
„Mister Durnford, könnten sie bitte während wir abheben hier auf der Kiste Platz nehmen?"
Nichts lieber als das, dachte der Graaf und setzte sich mit gesenktem Kopf auf die Verpflegungskiste. Dann hieß es „Leinen los" und Horatio bemerkte, dass sie langsam in die Höhe stiegen. Auf der Insel drängten sich die Photographen, um ein Bild des Starts festzuhalten.

Die Zuschauer beobachteten staunend, manche sogar mit offenem Mund, das Geschehen und die Kinder winkten mit kleinen bunten Fähnchen dem Ballon nach. Da es recht windstill an diesem Mittwoch war, stieg der Ballon fast senkrecht in die Höhe.

Nach einer Weile sagte Hermann, dass er sich jetzt wieder erheben könne, während er den Brenner betätigte und den Ballon weiter aufheizte.
Der Graaf entschied, dass jetzt der richtige Zeitpunkt sei, um sich den beiden zu erkennen zu geben und erhob sich.
„Frau Paulus, Herr Lattemann, erschrecken sie jetzt bitte nicht, aber ich musste um ihrer Sicherheit Willen den Platz mit Mister Durnford tauschen". Das Ballonfahrerpaar erschrak sichtlich und der Graaf sprach weiter: „Der Colonel und seine Begleiter sind nicht die, die sie vorgeben. Es sind vielmehr Spione und Saboteure der britischen Krone, die ihre neuen Paketfallschirme sabotieren und einen davon stehlen wollten. Ich bin leider zu spät dazu gekommen als der weißhaarige Riese mit den blutunterlaufenen Augen die Fallschirme manipuliert hat"
Käthe, die sich als erstes wieder gefangen hatte, ging zu den Fallschirmen und überprüfte sie.
„Der ist aber völlig in Ordnung" sagte sie als sie den Schirm mit dem roten Wollfaden untersucht hatte und H.H. antwortete: „Der mit dem roten Faden ist auch nicht sabotiert

worden. Sehen sie sich die beiden ohne Faden an". Sofort bemerkte sie, dass die Verschlüsse an den beiden anderen nicht in Ordnung waren.

Sie überlegte eine Weile, dann sagte sie zu Hermann: „Gib mir doch bitte den Draht der da vorne aus dem Flechtwerk vom Korb rausschaut". „Herr Graaf, Sie haben nicht zufälligerweise eine Zange parat?" Horatio musste leider verneinen,

"Aber ein Schweizer Messer, mit vielen kleinen Werkzeugen daran könnte ich anbieten" und mit den Worten „Das ist aber etwas ganz Feines, ein echtes Schweizer Messer" nahm sie es entgegen. Hermann sagte darauf: „Es geht doch nichts über gute, deutsche Wertarbeit. Diese Sackmesser, wie sie von den Schweizern genannt werden, werden nämlich in der Messermanufaktur Wester & Co. in Solingen gemacht".

Käthe hatte sich aber schon an die Arbeit gemacht. Sie zwickte, feilte und bog an dem Draht herum bis sie zwei Haken daraus geformt hatte und reparierte mit diesen, die beiden beschädigten Schirme. Dass sie soeben etwas erfunden hatte das auch im 21 Jahrhundert noch unter dem Namen „Paulus-Haken" an Fallschirmen zu finden war, wusste sie natürlich nicht

In diesen Moment schaute Hermann aus dem Korb, hinunter auf die kleinen Gassen von Nürnberg und entdeckte dort eine Kutsche deren Fahrer versuchte, dem Ballon zu folgen. Er glaubte die Brünette zu erkennen, die nach oben schaute während die Schwarzhaarige wild auf die Pferde einschlug.

„Wir werden verfolgt Käthe. Wenn das mal nicht unsere Bekannten aus dem Zug sind".

Der Graaf zog ein Taschenbinokular mit sehr starker Vergrößerung aus seiner Jacke, klappte es auseinander und beobachtete die Kutsche. Zu Hermann sagte er: „Herr Lattemann wenn sie abgesprungen sind, versuchen sie bitte soweit wie möglich von der Stadt weg zu fliegen, damit die beiden Damen in der Droschke möglichst lange von Nürnberg fern gehalten werden". Herrmann antwortete: „Werther Herr Graaf, ich werde mein Bestes tun".

„So und jetzt aber raus mit Dir", sagte Käthe zu Ihrem Partner, „Hals und Beinbruch Hermann. Der Herr Graaf und ich haben einen Ballon zu landen".

Hermann setzte sich auf den Rand des Korbes.

Mit den Worten: „Ich verabschiede mich" sprang er ab, der Fallschirm öffnete sich und er versuchte ihn in die Richtung des Dutzend-Teichs zu lenken.

Als Hermann aus dem Ballon sprang, nahm die Katastrophe ihren Lauf.

Mit einem fürchterlichen Ruck schnellte der Ballon durch den Gewichtsverlust nach oben. Käthe drehte sofort an den Ventilen des Brenners, aber die Flammen wurden nicht kleiner. Im Gegenteil, sie wurden angefacht und der Ballon stieg weiter und weiter.

Horatio überlegte fieberhaft wie er helfen könne.

„Ich muss unbedingt die Flammen kleiner drehen", rief Käthe: „Aber sie dürfen nicht erlöschen, sonst sinken wir zu schnell".

Der Graaf schlug vor, dass sie zusammen ausstiegen und den Ballon seinem Schicksal überlassen sollten. Er bekam aber zur Antwort:

„Nicht WIR, Herr Graaf, sondern SIE steigen aus. Ich versuche den Ballon zu retten".

Der Ballon stieg immer noch, als sie ihm half den Fallschirm anzulegen und als er die letzten Riemen verschnürte, drehte sie schon wieder wie verrückt an den Rädern und Hebeln.

Diese Frau musste man einfach bewundern.

Graaf Horatio Hieronymus van de Dampmolen verneigte sich höflich vor ihr und gab Ihr einen Handkuss.

„Es war mir eine große Ehre dass ich Sie kennenlernen durfte Frau Paulus", sagte er zum Abschied zu ihr und verschwand über den Korbrand.

Der Ballon sprang nochmal einige Meter nach oben aber Käthchen hatte mittlerweile alles im Griff, winkte dem Graafen zum Abschied noch einmal zu und konzentrierte sich darauf den Ballon heil im Volkspark zu landen.

Horatio beobachtete mit seinem Binokular das Geschehen aus der Vogelperspektive. Er sah in der Ferne Hermann über dem Marienplatz schweben während die Kutsche mit den Spioninnen die Lorenzstraße und die Marienstraße entlang preschte.

Als der Fallschirm über dem Ludwigsfeld schon fast die Erde erreicht hatte, merkten die beiden, dass an dem Schirm nicht der Colonel, sondern dieser Lattemann hing. Wo war bloß der Colonel?
Sie überlegten ob sie Hermann den Schirm abnehmen sollten, entschieden sich aber dagegen, da sehr viele Schaulustige in die Richtung des Landeplatzes liefen. Sie mussten jetzt erst den Colonel finden, also wendeten sie die Kutsche und trieben wieder die Pferde an um zurück in die Stadt zu kommen. Über der Frauenkirche sahen sie einen weiteren Fallschirm, war DAS ihr Vorgesetzter?

***

Miss Fidding, die an der Gruft von William Wilson angekommen war, sondierte erst einmal die Lage und suchte die Umgebung ab. Nicht das sie von irgendwelchen Trauergästen überrascht werden würde wenn sie den TT 20-10 startklar machte.
Da sie nicht in der Zeit vor oder zurück reisen musste, stellte sie den Entropie-Calibrator auf null, nur die Koordinaten des Hauptmarktes musste sie eingeben. Auf dem

cohaereisch solarbetriebenen Notepad hatte sie alle wichtigen Daten notiert und übertrug jetzt diese in den Ar-waith-Calibrator.

Als alle Hebel eingerastet waren und die Anzeige auf 49° 27' 14" N, 11° 4' 37" O. stand, lehnte sie sich zurück, um auf das Zeichen des Graafen zu warten.

Sie schaute in Richtung Frauenkirche und sah, dass der Ballon schon aufgestiegen war. Ein paar Minuten später löste sich ein kleiner Punkt vom Korb, der Ballon wurde rasend schnell nach oben gerissen und aus dem kleinen Punkt wurde ein Fallschirm.

Nach einer Weile fiel jedoch ein zweiter Punkt aus dem Korb und verwandelte sich in einen Schirm. Elvira war ein wenig verwirrt. ‚Wenn der erste Absprung Herr Lattemann war, wer war dann der zweite' dachte sie.

Dort oben war irgendetwas gewaltig schief gelaufen, und es kamen ihr wieder die vielen Möglichkeiten in den Sinn, die den Plänen fast immer einen Strich durch die Rechnung machen könnten. Dort oben war aber auch H.H. der immer eine Lösung für Pläne, die nicht nach Plan liefen, fand.

***

Auf dem Hauptmarkt hatte sich eine große Menschenmenge angesammelt, deren Augen auf die Gefangenen gerichtet waren. Angeführt von den Gendarmen wurden diese unter dem Gejohle der Zuschauer, an der Frauenkirche vorbei, in die Mitte des Hauptmarktes geführt und von den aufgehetzten Zuschauern mit Stecken und Stäben gepiesackt.

Ein richtiges Spießrutenlaufen war im Gange und die Kinder warfen mit verfaultem Obst und faulen Eiern, wobei sie aber nicht nur die Verurteilten trafen, sondern auch ab und an einen Wachtmeister.

Direkt hinter Igor und dem humpelnden Schweden gingen zwei Wachtmeister, welche die höchst gefährlich aussehenden Waffen der Gefangenen trugen. Diese sollten auf dem Podest vor den Augen des Publikums und den am Pranger Angeketteten, zerstört werden.
Ein Gerichtsdiener verlas derweil oben auf dem Podest die vom Rat beschlossene Anordnung!

„Hierumb sei es der beschluß daß schändlich Werckzeug zu verhacken auff daß es gar kein Unheyl und Fehl´ mehr thuhed"
Rücksichtslos wurden die Delinquenten auf das Podest gestoßen.
Der Schwede fiel, durch die Verletzung am Oberschenkel behindert, mehrmals hin.
Als Igor auf dem Podest angekommen war, bekam er sofort den Block um den Hals gelegt und wurde an dem Schandpfahl angekettet.

Einer der Wachmänner begann auf dem Amboss, den man aus der Schmiede geholt hatte, die ersten Messer und Dolche zu zerschlagen. Mit einem kontinuierlichen „Ping" „Ping" „Ping" schlug er kleine Stücke von dem großen, blutverkrusteten Metzgermesser ab, mit dem der Herr Pfarrer aus Großgründlach ermordet wurde.

∗∗∗

Der Graaf musste die Beine anziehen. Beinahe wäre er an der Frauenkirche hängen geblieben.

Er landete unbemerkt auf dem menschenleeren Albrecht Dürer Platz, faltete den Schirm zusammen und versteckte ihn am Denkmal von Albrecht Dürer unter dessen Mantel.
Dann machte er sich rasch auf den Weg zum Pranger.

Horatio schob sich durch die Menschenmenge um näher an das Geschehen heranzukommen. Einige besonders sture Nürnberger wollten ihn nicht vorbeilassen, aber er drängte weiter Richtung Pranger.
Die Gendarmen legten gerade dem Blonden die Schandgeige um, als H.H. das Podest erreicht hatte.
Als er versuchte die Treppe zum Podest hinaufzugehen wurde er von einem Wachmann angehalten.
Der Graaf sagte in einem befehlsmäßigen Ton:

„Gendarm, gehen sie gefälligst zur Seite. Ich muss mit ihrem Hauptmann sprechen und zwar ‚stante pede'. Verstanden". Doch der Beamte liest sich weder von dem Befehl, noch von den Orden an H.H`s Jacke beeindrucken und hielt ihn fest.

Hallo Taxi

Die brünette und die schwarzhaarige Spionin peitschten die Pferde in die Richtung, in der sie den anderen Fallschirm vermuteten, zurück in die Stadt, auf die Insel Schütt.
An der Heubrücke über der Insel wurden sie wegen den Passanten etwas langsamer. Dadurch fiel ihnen ein Zelt auf, das sich heftig bewegte und kurz darauf in sich zusammenstürzte. War das nicht das Zelt der Ballonfahrer? Sie hielten hinter der Brücke an, machten die Pferde an einer Straßenlaterne fest und eilten zum Zelt.

Als die Beiden dort ankamen, schälte sich gerade der immer noch an den Händen gefesselte und geknebelte Albino total benommen aus den Zeltplanen. Die Brünette löste ihm die letzten Fesseln während ihm die Schwarze den Knebel entfernte. Wild fing er an zu toben und stieß die übelsten Verwünschungen aus. Die Damen hatten ihre liebe Not, ihn zu beruhigen, doch er grummelte und knurrte noch eine ganze Weile. Sie mussten jetzt einen neuen Plan entwerfen, ohne ihren Führer, den Colonel.

Die Frauen erklärten dem Albino was inzwischen vorgefallen war. Von der Fahrt zum Ludwigsfeld, dass sie erst dort den Irrtum bemerkten und dem zweiten Fallschirm der über Nürnberg zu Boden ging Sie äußerten ihre Vermutung, dass der Colonel an dem zweiten Schirm hing und der Albino entschied: „Den Brevent-Colonel Durnford finden hat oberste Priorität". Dann

durchsuchten sie noch die Fetzen des eingestürzten Zeltes, fanden aber außer ein paar Seilen nichts was sie gebrauchen konnten. Auf die Idee, nebenan die Stadtwaage zu durchsuchen kamen sie nicht. Sehr zum Leidwesen des paralysierten und fast nackten Colonels, der zwar alles hören konnte, aber unfähig war sich bemerkbar zu machen.
Zurück auf der Heubrücke stiegen sie in ihre Kutsche und fuhren zum Hauptmarkt.

Als sie die Frauenkirche am Hauptmarkt erreicht hatten schauten sie, über die Köpfe der Schaulustigen hinweg, zum Pranger
Dort sahen sie wie die Gefangenen angekettet und die Waffen zerstört wurden. Sie sahen auch, wie der Graaf gerade von einem Gendarmen festgehalten wurde.
Der Albino dachte es wäre der Colonel, der dort in Schwierigkeiten steckte und schwang die Peitsche um ihm zu Hilfe zu kommen
Wie ein Dämon stand der Schwarzgekleidete auf dem Kutschbock und trieb die Pferde durch die Leute die zwischen ihnen und dem vermeintlichen Colonel standen.
Durch eine Art Schwarmreflex teilte sich die Menschenmenge und eine Gasse entstand. Die Peitsche half einigen Menschen dabei, schnell zur Seite zu springen, sodass sie rasch ihrem Ziel näher kamen.

***

Der Hauptmann auf dem Podest hatte gerade bemerkt, dass einer von seinem

Untergebenen an der Treppe einen Mann gestoppt hatte.

Er wollte gerade zu ihm hingehen als ein großer Tumult entstand und eine Kutsche sich den Weg in seine Richtung bahnte.

In der Annahme, jemand wolle seine Gefangenen befreien zog er seinen Säbel und rief seinen Männern zu, das Gleiche zu tun.

Die Spione sahen, dass die Wachen ihre Waffen zogen und machten sich ihrerseits kampfbereit.

Der Graaf sah seine Chance und sprang mit einem Satz auf das Podest.

Hinter sich hörte er die britischen Agentinnen laut „Colonel, Colonel" rufen, was ihn nicht verwunderte, da er immer noch den Helm und die Uniform von Mr. Durnford trug.

,Lassen wir sie in dem Glauben', dachte H.H. und zog seinen Combobulator.

Er ging auf Igor zu und während er auf das Schloss neben dessen Hand zielte sagte er: „Junge, gleich bist du frei". Dann betätigte er den Abzug der Waffe, ein gebündelter, grüner Strahl schoss aus dem Lauf und zerstörte das Scharnier. Ein zweiter Schuss blitzte auf und die Kette war durchtrennt.

So als ob dies der Startschuss wäre, entbrannte ein wilder Kampf zwischen den Spionen und den Gendarmen. Jetzt gab es kein Zurückhalten mehr.

Neben dem Graafen ging der Hauptmann der Gendarmentruppe zu Boden. Aus seinem rechten Auge ragte der Griff eines Dolches, welchen die brünette Britin geworfen hatte.

Die Gendarmen die es gewohnt waren Befehle zu befolgen waren überrumpelt und wussten in diesem Moment nicht um was sie sich zuerst kümmern sollten. Ihr Hauptmann war tot, jeder dachte nur noch an sich selbst und sie rannten ziel- und planlos durcheinander.

Der Albino wunderte sich warum sie vom Colonel ignoriert wurden und plötzlich fiel ihm der fatale Irrtum auf. ‚Der Typ da oben sieht zwar so aus wie der Colonel, aber er muss ein Doppelgänger sein', dachte er und machte seine Begleiterinnen darauf aufmerksam.

Mit seiner Peitsche holte er weit aus und wollte Horatio die Waffe aus der Hand zu schlagen.

Die Brünette zog blitzschnell weitere Dolche aus ihrem Korsett und die Schwarzhaarige hatte auf einmal eine Art Breitschwert in beiden Händen. Sie schwang es wie einen Rotor über ihrem Kopf.

Diese heimtückische Waffe war etwas ganz Besonderes. Einzelne Platten aus Damaststahl, scharf geschliffen und mit geschmiedeten Kettengliedern verbunden. Das Mordwerkzeug hatte die Spionin vorher, zusammengeklappt in einer Tasche versteckt. Durch die Rotation über ihrem

Kopf bekam es seine Festigkeit und wirbelte wie die Sense des Todes über ihrem Kopf.
Zwei der Gendarmen die ihr zu nahe kamen waren außer ziel- und plan-, plötzlich auch noch kopflos.

Als Horatio seine Waffe hob, um Elvira das vereinbarte Zeichen zu geben, holte das riesige ‚Rotauge' erneut mit der Peitsche aus.
Wie eine Schlange züngelte das Ende der Peitsche auf den Graafen zu und wickelte sich um sein Handgelenk. Der Schmerz fuhr im bis hinauf zur Schulter, reflexartig öffnete sich seine Hand und der Combobulator fiel zu Boden. Der Albino zog seine Peitsche zurück und H.H. bückte sich um seine Waffe aufzuheben. In diesem Moment flog wieder ein Messer heran und blieb im Schandpfahl stecken. Genau an der Stelle an der sich vor ein paar Sekunden noch der Kopf des Graafen befunden hatte.
Igor hatte sich von den hölzernen Zwingen, die seinen Hals und seine Hände umschlossen, befreit und war bereit, sich für seine Befreiung, erkenntlich zu zeigen.
Hinter dem Amboss sah er den Griff seiner Armbrust. Hoffentlich haben die Gendarmen den Dreischüsser noch nicht zerstört' dachte Igor.
Er ergriff seine modifizierte Armbrust, sah dass sie funktionsfähig war und staunte nicht schlecht als er feststellte, dass sogar noch Pfeile an den Sehnen lagen.

H.H. hatte soeben den Combobulator wieder aufgehoben und streckte die Waffe senkrecht in die Höhe. Da er diese mittlerweile auf „Signal" umgeschaltet hatte, stach jetzt ein breiter grellgrüner Strahl nach oben und erleuchtete die langsam zunehmende Abenddämmerung über der Frauenkirche..

Direkt neben seinem Ohr hörte der Graaf ein zischendes ‚Zapp, Zapp' und auf der Kutsche kippte die brünette Spionin graziös nach hinten um.

Der Pfeil mitten im gepuderten Köpfchen der englischen Killerlady, die gerade ein weiteres Messer nach dem Graafen werfen wollte, sah wirklich nicht sehr vorteilhaft aus.

Ein weiterer Pfeil steckte in der Schulter des Albinos, welcher daraufhin seine Peitsche fallen gelassen hatte. Er sprang hinter den Kutschbock in Deckung und die Schwarzhaarige ergriff die Zügel der Kutsche. Mit einem wilden Schrei trieb sie amazonengleich die Pferde an und sie suchten ihr Heil in der Flucht.

Das „Zapp, Zapp" jedoch klang Horatio immer noch in den Ohren, aber dass dieses Geräusch ihm in Zukunft des Öfteren das Leben retten würde, konnte er zu diesem Zeitpunkt noch nicht ahnen.

Elvira sah vom Johannisfriedhof aus den grellgrünen Strahl am Abendhimmel von Nürnberg stehen und betätigte den

Messinghebel, der die Astralschaufel in Gang setzte.

Der Knauf aus Bergkristall begann zu funkeln und die Zeitmaschine und ihre Captainette leuchteten kurz in tausend Farben auf, um gleich darauf gleichmäßig und in aller Ruhe zu verblassen.

Der Herr Pfarrer, der gerade die Johanniskapelle abgeschlossen hatte, rieb sich die Augen, rannte zur Kapelle zurück, schloss sich in die selbige ein und begann zu beten.

Als am nächsten Abend einige seiner Schäfchen und der Küster die Tür zur Kapelle aufgebrochen hatten um nach ihm zu suchen, sprach er gerade das vierhundertundachzigste „Ave Maria".

Ohne die Anwesenden zu beachten sprach er noch zwanzig weitere, wobei er nach jedem „Amen" laut einen Juchitzer ausstieß und danach versonnen einige Sekündchen vor sich hin grinste.

Dann ging er zur Kanzel hinauf, breitete seine Arme aus und verkündete mit stolz geschwellter Brust: „ Liebe Gemeinde, Brüder und Schwestern im Glauben. Ich habe die heilige Jungfrau gesehen".

Er stieg - immer noch mit ausgebreiteten Armen- von der Kanzel, kniete sich nieder und fing damit an, die nächsten fünfhundert Ave Maria zu beten.

Aus der Kapelle hörte man noch zwei Tage lang ein lautes. „Amen" und ein langgezogenes „Juuuchuchuhuhu", bevor der Herr Pfarrer vom Erzbischof Joseph von Schork aus Bamberg abberufen wurde, um im Kloster Andechs seinen Lebensabend nach den Regeln der Benediktiner „ora et labora" und natürlich auch „et potum cervisiam", zu verbringen.

Wenn Elvira gewusst hätte, dass sie mit einer Jungfrau verwechselt werden würde...

So, wie sich die Zeitmaschine auf dem Johannisfriedhof dematerialisierte, genau so erschien sie auf dem Hauptmarkt direkt vor dem Pranger.
Dort wurde noch immer gekämpft und einige Gendarmen versuchte die Kutsche zu verfolgen.
Als jedoch, wie aus dem Nichts, die Zeitmaschine erschien verstummten alle ehrfurchtsvoll. Einige fielen auf die Knie und drückten ihre Stirn in den Staub des Hauptmarktes.

Elvira sagte aber nur locker zu Horatio und Igor: „Die Herren hatten ein Taxi gerufen?" und fing an, die Knöpfe, Hebel und Schalter auf „Heimat" zu stellen.

Igor war zur Salzsäule erstarrt und rührte sich nicht vom Fleck. Der Graaf packte ihn jedoch am Arm, zog ihn hinter sich her und sprang vom Podest direkt in den TT 20-10.
Elvira schaute gerade Richtung Pranger und sah, dass sich auch der Schwede aus der hölzernen Acht befreit hatte.

Mit dem Blick eines Wahnsinnigen versuchte er, das Podest zu verlassen um dieses seltsame Gefährt zu erreichen auf das der Graaf und Igor gesprungen waren.

Diese Chance zur Flucht wollte er sich nicht entgehen lassen, stolperte aber über den großen schweren Hammer mit dem einer der Gendarmen vor wenigen Augenblicken sein Mordmesser zerstört hatte. Er raffte sich wieder auf und sprang mit dem Kopf voran das letzte Stück in Richtung Zeitmaschine.

Geistesgegenwärtig betätigte Elvira den Starthebel und mit den Worten, „Zieht jetzt bloß eure Hände und Füße ein" zog sie den Hebel komplett zu sich heran.

Der Schwede hatte es fast geschafft, seine Hand umklammerte die vordere Kufe und er zog sich weiter hinauf, um mit der anderen Hand das Bein von Elvira zu ergreifen.

Doch genau in dem Augenblick begann das herrliche Farbenspiel, das immer entstand, wenn der TT eine Reise begann. Samt seinen Passagieren leuchtete die Maschine kurz auf, um gleich darauf wieder langsam zu verblassen.

Zurück blieben nur die Abdrücke der Messingkufen und ein toter Schwede ohne Kopf und Hände.

Das Geschehene wurde natürlich von Miss Fidding kommentiert: „Ich hab´s doch extra noch gesagt, Füße einziehen". Dann gab sie den Händen und dem Kopf der vor ihr auf dem Boden des Time Travelers lag, einen

Tritt, und die makabren Souvenirs aus Nürnberg rollten von der Maschine.
Zerstreut über einige Jahre und Länder fielen die Körperteile verkohlt zurück auf den Boden.
So fand zum Beispiel ein gewisser Dragutin Dimitrijevic im Jahre 1912, in der Nähe von Sarajevo, eine „Schwarze Hand", und benannte so den nationalistischen serbischen Geheimbund.

Die zweite, total verkohlte, schwarze Hand fiel in Straßburg vom Himmel. Sie wurde von Jules Schaller gefunden als dieser gerade seine Roth-Händle-Tabakmanufaktur verließ.

Der Kopf des Schweden verschwand spurlos.

***

In den folgenden Tagen glich Nürnberg einer Irrenanstalt. Jeder erzählte eine andere verworrene Geschichte. Der eine erzählte, dass die Kreuzritter zurückgekehrt wären, andere wiederum, sprachen vom Werk Satans und seiner Höllenbrut mitsamt ihren Höllenhunden. Angeblich wären auch die Sarazenen gesehen worden.
Über allem jedoch stand die Geschichte, die hauptsächlich von den Gendarmen verbreitet wurde.
Sie erzählten von den apokalyptischen Reitern, die durch das geschlossene Hauptportal der Frauenkirche über sie

gekommen wären und ihre Kollegen gemeuchelt hätte.

Als der Herr Bürgermeister Dr. Dr. h.c. Dilo Lompazius von den absonderlichen Erzählungen seiner Gendarmen hörte verbot er unter Androhung von Prügel- Haft- und letztendlich sogar der Todesstrafe, das Ereignis auf dem Hauptmarkt zu kommentieren, einem Fremden oder einem Schreiberling zu erzählen oder gar selbst niederzuschreiben.

Aus diesem Grunde ist in den heutigen Geschichtsbüchern und der Stadtchronik von Nürnberg von den Vorfällen am 19 Juli Anno 1893 an der Frauenkirche und dem Schönen Brunnen" wahrscheinlich nichts darüber zu lesen.

…nur Katharina „Käthchen" Paulus, ging, als eine der ersten Luftschifferin, als Fallschirmspringerin und Erfinderin des Paketfallschirms in die Geschichte ein

Als sie mit ihrem Ballon den Volkspark erreichte befand sie sich schon in einem rapiden Sinkflug. Das Tempo, mit dem sie sank und der aufkommende Wind trugen dazu bei, dass der Korb einige Pappeln streifte. Bei der Landung kippte er und wurde in eine Baumgruppe mit sehr starkem Unterholz gezogen.

Käthe überstand die Beinahe-Katastrophe fast unverletzt. Kurze Zeit später, nachdem sie sich den Staub aus den Kleidern geklopft hatte, gab sie schon wieder ein Interview und sagte dabei zu den herbeieilenden Reportern:

„Ich schlug mir den Schädel blutig. Aber was tat das alles gegenüber dem stolzen Bewusstsein, dass im Großen und Ganzen die Sache geklappt hatte."*[8]

Als Luftakrobatin „Miss Polly" im Matrosenanzug und Pumphosen wurde sie weltberühmt. Ihr Lebensgefährte Hermann konnte dies leider nicht mehr miterleben. Er starb am 17. Juni 1894 bei einem Ballonabsturz.

So steht es geschrieben.

1912 übersiedelte Käthe nach Berlin, um 1915 im Auftrag der Preußischen Heeresluftfahrtverwaltung innerhalb von drei Jahren mehr als 1000 Ballonhüllen und 7000 Fallschirme für das Militär zu produzieren.

Ihre Fallschirme retteten im April 1917 zwanzig deutschen Ballonaufklärern das Leben, als diese bei Verdun abgeschossen wurden.

…da war doch noch…

Der einzige noch lebende Schwede, der mit der halben rechten Hand, bekam von dem ganzen Trubel nichts mit, Er schnüffelte auf der, inzwischen fast menschenleeren Insel Schütt herum und suchte nach etwas Essbaren.
Hinter einem zusammengefallenen Zelt fand er ein Stück Brot und auf einem der langen Tische standen einige Becher mit Bierresten, die er zusammenschüttete.

Dann durchsuchte er noch den Betrunkenen der seinen Kopf auf der Tischplatte zur Ruhe gebettet hatte und wie ein Walross schnarchte, denn der Herr Bartholomäus Ckemyzer der Buchhalter bei Papst und Lambrecht, der wollte nämlich mit dem Herren Dampfmüller und seiner Gemahlin oder so zu Mittag essen und weil die aber nicht gekommen sind hat er sein ganzes Geld alleinigst versoffen und außer einer billigen Taschenuhr war für den Schweden hier nichts zu ergattern.

Er war gerade dabei, sich ein Dach für die Nacht zu suchen und schaute durch das kleine Fenster der Stadtwaage.
Hinter dem Schrank mit den geeichten Gewichten ragten zwei Beine heraus.
Dass er heute nochmal das Glück hold sein würde, hätte er nicht zu träumen gewagt.
Einer der an so einem Tag hinter einem

Schrank seinen Rausch ausschlief, war doch eine leichte Beute für ihn.

Er zog Colonel Durnford hinter dem Schrank hervor und dachte so bei sich, "wäre ja auch ein Wunder gewesen wenn ich mal Glück gehabt hätte"

Bei einem halbnackten Mann war nun mal nichts zu holen.

Als er sich bückte, um sein Opfer zu durchsuchen spürte er einen harten Gegenstand an seinem verlängerten Rücken und eine zarte Stimme sagte in gebrochenem Deutsch zu ihm: „Wurde der Herr die Gute besitzen sich aufsurichten and umsudrehen?"

Der Schwede verstand kein Wort und wollte auch nichts falsch machen, da er absolut keine Ahnung hatte, was sich da in seinen Allerwehrtesten bohrte.

Deshalb machte er erst einmal Garnichts.

Die blonde Miss Polly schaltete ihr zartes Stimmchen auf Befehlston und brüllte in einer Lautstärke die man diesem zierlichen Persönchen nicht zugetraut hätte: „Rumdreh'n"

Blitzartig stand er stramm, und obwohl er auch das nicht verstanden hatte, drehte er sich in ihre Richtung.

Polly sah dass sie keinen Deutschen vor sich hatte und versuchte es auf Englisch.

„Who are you" fragte sie und er antwortete:„Uvllá Ásllakson från Katthammarsvik på Gotland".

Sie machte ihm verständlich, dass sie das Sagen hatte und da ihn die Waffe, die sie in der Hand hielt, schmerzhaft an den Verlust seines Daumens erinnerte, gab er klein bei.

Sie untersuchten den Colonel, fanden die Nadel in seinem Nacken und zogen sie vorsichtig heraus.

Durnford der alles gehört und gesehen hatte, spürte, dass er sich so langsam wieder bewegen konnte. Ihn überfiel zwar ein leichtes Schwindelgefühl, aber das legte sich sehr schnell wieder.

Miss Polly sagte zu ihm eine etwas abgewandelte Form von Herrn Murphys geflügelten Worten:

„Whatever can go wrong did go wrong".

Sie holte ein flaches silbernes Kästchen, das sie an einem Lederband um den Hals trug, aus den abgründigen Tiefen ihres Mieder-Ausschnitts und gab es ihrem Chef.

Dieser zog zwei antennenähnliche Stäbe aus Messing und Kupfer aus dem seltsamen Gerät und betätigte einen Schalter aus Ebenholz an der Seite.

Ein greller Blitz, ein wahnsinniges Lachen und eine Stimme die sich schnell entfernte:

„Dass zahl ich dir heim, Dampmolen"

Alles im Umkreis von zwei Metern war verschwunden, der Mann in den Unterhosen, der Mann mit der halben Hand und auch Miss Polly.

Sogar ein Teil vom Schrank war weg, mitsamt den geeichten Gewichten der Stadtwaage.

Igors neues Zuhause

Igor kam aus dem Staunen nicht mehr heraus. Diese Farben und Formen, das Sirren, Zirpen und Duften der Ætherwellen, die man bei einer Zeitreise nicht nur sehen und hören konnte sondern sogar riechen, all das strömte auf ihn zu und er hoffte, darin zu versinken. So etwas hatte er noch nie zuvor gesehen und er wünschte sich, dass es nie mehr aufhören würde. Aber so schnell wie dieses Schauspiel begonnen hatte, als Elvira den Start-Hebel an sich zog, genauso schnell löste es sich wieder auf, denn der Hebel der Thrustvector-Steuerung schob sich automatisch auf den Nullpunkt.

Um sie herum materialisierte sich das Arbeitszimmer und Igor fiel, zum ersten und einzigen Mal in seinem Leben, in Ohnmacht. Elvira und H.H. hoben ihn auf und legten ihn im Arbeitszimmer auf die „Schöpfercouch" des Hausherrn.

Elvira griff nach dem Fläschchen das gleich neben der Couch im Chemieregal stand und hielt es unter seine Nase. Igor kam wieder zu sich, schaute sich verwundert um und dachte nur: Alles was ich hier sehe ist so weit weg. Aber diese Art „Weit weg" konnte er nicht in Metern oder Meilen ausdrücken, das war was anderes, das waren Jahre, vielleicht sogar Jahrzehnte.

Der Graaf erhob sich von seinem Bürostuhl und sagte zu ihm: „Seien sie herzlich willkommen auf Schloss Loevestein im Gelderland, mein Freund. Heute ist der erste Oktober im Jahr 2010 und Sie befinden sich in ihrer fernen Zukunft".

Igor kratzt sich am Kopf, entweder ist er von zwei Verrückten zuerst gerettet und dann gekidnappt worden oder er ist total verwirrt, ein Fall für die Irrenanstalt.

Und als ob der Graaf seine Gedanken lesen kann sagt dieser: „Keine Angst, Werther Herr Igor weder wir Beide noch Sie, sind dem Wahnsinn verfallen. Alles was sie hier sehen, Tisch, Schrank. Stuhl ist real.

Genauso wie die Zeitmaschine, die vor ihnen steht und mit der wir, nach ihrer Rettung vor dem Schandpfahl hierher gereist sind."

Jetzt erinnert er sich so langsam wieder, die Gendarmen, der Schwede, und der große Albino mit der Peitsche. Dann auf einmal das Glücksgefühl als er diese Farben, Düfte und Melodien spürte.

Dann sagt der Graaf ganz förmlich zu ihm: „Ich möchte uns nun der Form halber nochmal mit vollen Namen vorstellen damit sie wissen mit wem sie es zu tun haben.

Meine Gefährtin hört auf den bezaubernden Namen Miss Elvira, Dutchess of Murray of Atholl, Fidding und mein Name lautet, Graaf Horatio Hieronymus van de Dampmolen".

Auch Igor steht nun auf und sagt: „Dann muss ich mich jetzt wohl auch vorstellen.

Mein Name ist Igor Parnicovjek, Yorriks und Enyas Sohn. Früher war mein Name Ingvar Ånga Människan. In Nürnberg war ich durch die Schweden gezwungen, den slawonischen Nachnamen meines Vaters anzunehmen um nicht aufzufallen.

In eurer Sprache bedeuten beide Namen so viel wie Dampfmann.

Sie und Miss Fidding haben mir das Leben gerettet. Ich bekam durch sie auch eine einzigartige Chance, die ich mir nie im Leben erträumt hätte.

Hier und jetzt schwöre ich bei dem, was mir am heiligsten ist, meiner Mutter und meinem Vater, ich werde nie mehr von Eurer Seite weichen und euer Leben verteidigen als wäre es mein eigenes. Sollte ich mich je von diesem Treueschwur abwenden, sollen mich Odins Wölfe Geri und Freki, zerreißen und mir so den Zugang zur Walhall verwehren.

„Mein lieber Igor, es ehrt mich, solche Worte zu hören aber dieses Geschenk ist wahrlich zu groß für uns beide, es würde mir genügen wenn ich Sie zum Freund gewinnen könnte. Was halten sie davon hier bei uns zu wohnen, um mit Elvira und mir ein paar Abenteuer zu erleben?"

„Euer Wunsch ist mir Befehl Herr Graaf" sagte Igor und Horatio sprach: „und jetzt gehen wir zusammen in die Küche, in der uns Elvira sicher etwas Leckeres zum Essen machen kann, ach ja, eh ich`s vergesse, hier auf Loevestein sagen wir Du zueinander, nenn mich einfach H.H. , sag mal Igor, was hältst du eigentlich von Hühnchen mit Cashewnüssen?"

***

22.07. 2088, im Arbeitszimmer des entthronten Königs von Britannia materialisieren sich drei seltsame Gestalten. Ein Mann in Unterhosen, eine blonde Frau im Matrosenanzug und ein Kerl mit halber Hand und einem Stück Schrank unter dem Arm.

Der Unterhosenmann sagt leise: „His Royal Highness, es ist einiges fehlgeschlagen"

Zornig dreht sich der ehemals stolze König George Alexander Louis, Duke of Cambridge mit seinem von Sommersprossen übersäten Gesicht und den abstehenden Ohren um und sagte mit seiner Fistelstimme: „Wer wagt es mich an meinem fünfundsiebzigsten zu stören, und das auch noch total ‚underdressed'"

„His Majesty, das sind die Versager die mich in Nuremberg sitzen gelassen haben; Meldet sich neben ihm ein großer schwarzgekleideter Albino zu Wort und an den Unterhosenmann gerichtet: „Ein Glück, das sie dir diese Tropenuniform abgenommen haben, wenn du das nächste Mal zurück reist und den Namen einer bekannten Person annimmst, dann nimm gefälligst einen der noch lebt. Brevent-Colonel Anthony William Durnford war Anno 1893 schon seit vierzehn Jahren tot". An seiner Seite stand abfällig grinsend die

Schwarzhaarige in ihrem Ledermieder und schlug leicht mit einer Bullenpeitsche an ihre Oberschenkel.

„Aber, aber, eure Hoheit, ich hmm wir haben versucht ja und ähh", versucht er zu rechtfertigen.
„Sprechen sie gefälligst in ganze Sätzen" sagte der Exkönig, „Hätten sie ihren Auftrag erledigt, wäre ich jetzt wieder König von Britania"

Ende des ersten Teils

Liebe Leser,

wenn ihr es bis zu dieser Seite geschafft habt und noch mehr vom Graafen und seinen Gefährten erfahren wollt oder Ideen habt wohin und in welche Zeit eine der nächsten Reisen gehen könnte, scheut euch nicht und lasst mir eine Æthernachricht zukommen.

Meine Ætheradresse lautet:

vandedampmolen@gmail.com

Dankeschön

Ja, auch das muss mal gesagt werden und zwar bei ganz vielen Menschen und Tieren.

Ich versuche das Ganze mal nicht alphabetisch sondern chronologisch aufzuführen.

Da wären zu allererst mal Mutsch und Paps die, die biologische Grundlage für dieses Buch geschaffen haben.

Meine Lehrer in der „Käthe Paulus Schule in Zellhausen die es in all den Jahren nicht geschafft haben mir beizubringen ob ich das, daß oder dass schreiben muss.

Ein riesiges Dankeschön an meine allerbesten Freunde, ich hoffe das ihr mir verzeiht das ich hier den zeitlichen Ablauf außer Acht lasse,
Ralf und Anja, Oli (der das Los meiner o.a. Lehrer teilt und abertausende Kommafehler verbessert hat) und Simone, Arno (das Geschichtsbuch in persona), Jakob und Natalia.

Dann ist da noch ein ganz seltsamer Fall von Dankeschön und zwar an Gunnar Biesler aus Lüneburg, ein Kunde den ich persönlich nie kennengelernt habe der aber mit einer E-Mail mein ganzes Wirken verändert hat. Sinngemäß schrieb er vor einigen Jahren:

„Könntest du mir einen Panzer für ein Tabletopspiel bauen, einen der „STEAMPUNKmäßig" aussieht?". Und ich fragte zurück: "was in drei Teufels Namen ist STEAMPUNK?" Seitdem hat dieses Genre von mir Besitz ergriffen und schlägt sich in meiner Arbeit, meinen Bildern und jetzt auch noch in diesem Buch nieder

Das pyramidonalste Dankeschön aber gebührt dem Menschen, den ich nie mehr vermissen will, meiner Inge.
Dafür das du mich die letzten 20 Jahre so ausgehalten hast wie ich bin, mich aufgebaut hast wenn absolut nichts mehr klappen wollte, mich gebremst hast wenn ich zu hoch hinauf wollte und mich nie daran gehindert hat meinen Traum zu leben.

Ach und eh ich`s vergesse, ein Dankeschön natürlich auch an Aragorn, dem Main Coon Riesen der mir grundsätzlich dann über die Tastatur läuft und schmusen will wenn ich wieder mal zu lange vor dem Rechner sitze und seiner gleichrassigen Freundin Arwen die mich immer mit ihren spitzen Krallen darauf hinweist das es Mittagszeit ist, sie Hunger hat und so auch mich an geregelte Mahlzeiten erinnert.

…und Leute, denkt immer dran.

Menschen ohne
Fantasie sind arm.
Noch ärmer aber
sind die,
die sich ob ihrer
Fantasie schämen
und sie verstecken.

Erklärungen

*1   OCOS, Orbis Circumferentiali
     Obsessio Systematis, lat.
     weltumfassendes Teleportage System

*2   Orei, lat. Bereich, Umgebung.
     Bedeutet, alles was sich innerhalb der
     Wandler befindet wird transportiert.

*3   Folie à deux, auch „induzierte
     wahnhafte Störung" oder
     „gemeinsame psychotische Störung"
     (DSM-IV 297.3), bezeichnet die relativ
     seltene Übernahme einer
     Wahnsymptomatik durch einen
     nahestehenden Partner. Eine soziale
     Isolation wird als wichtiger Risikofaktor
     für das Auftreten der Störung
     gesehen. Die „induzierte wahnhafte
     Störung" ist differenzialdiagnostisch
     vom „konformen Wahn" zu trennen,
     der eine gemeinsame
     Weiterentwicklung der jeweiligen
     Wahnsymptomatik bei zwei primär
     Erkrankten bezeichnet.

*4   Liebe Käthchen Paulus –Fans,
     verzeiht mir dass ich den Start der
     Reise von Herrmann und Käthe nicht
     nach Salzgitter-Gebhardshagen gelegt
     habe oder nach Frankfurt, sondern
     nach Zellhausen, meinem Geburtsort
     und natürlich dem von „Käthchen". Im
     Jahre 1890 "verschlug" die Liebe sie

jedoch zu dem aus Gebhardshagen stammenden Hermann Lattemann. Richtige Käthchenfans wissen natürlich wo sie damals wohnte, mir aber sei diese künstlerische Freiheit erlaubt.

*5 „Meine Herrschaften, jetzt etwas in eigennütziger Sache, im Gasthaus „Goldener Schwan" können sie übernachten und für Speisen und Getränke ist bestens gesorgt, Schweinehaxe, Rostbratwürste, Knödel und Kraut, dazu gibt es noch a 0,5 Liter Bier und das sehr günstig. Der Goldene Schwan gehört meinem Schwager".

*6 meinen Dank für diesen weisen Satz geht an Mark Twain und nicht an Ringelnatz

*7 Ganz üble schwedische Beschimpfung

*8 Original Zitat von Käthe Paulus